Avec mon meilleur souvenir

Avec mon meilleur souvenir

by Françoise Sagan

Copyright ⓒ © Éditions Gallimard, Paris, 1984
Published by arrangement with ÉDITIONS GALLIMARD
All rights reserved.
Korean Translation Copyright ⓒ 2013 by Sodam&Taeil Publishing House.
Korean edition is published by arrangement with ÉDITIONS GALLIMARD
through Imprima Korea Agency.

Avec mon meilleur souvenir
고통과 환희의 순간들

펴 낸 날		2009년 11월 16일 초판 1쇄
		2023년 9월 25일 개정판 1쇄

지 은 이		프랑수아즈 사강
옮 긴 이		최정수
펴 낸 이		이태권

펴 낸 곳		소담출판사
		서울시 성북구 성북로5길 12 소담빌딩 301호 (우) 02880
		전화	02-745-8566 팩스	02-747-3238
		등록번호	제2-42호(1979년 11월 14일)
		e-mail	sodam@dreamsodam.co.kr
		홈페이지	www.dreamsodam.co.kr

ISBN	979-11-6027-312-0 (04860)
	979-11-6027-283-3 (세트)

- 책값은 뒤표지에 있습니다.
- 잘못된 책은 구입하신 곳에서 교환해드립니다.

Françoise Sagan

고통과 환희의 순간들

프랑수아즈 사강 지음 | 최정수 옮김

Avec mon meilleur souvenir

소담출판사

프랑수아즈 사강(Françoise Sagan, 1935년 ~ 2004년)

차례

프랑수아즈 사강, 생트로페에서. 1956년
© Bernard Lipnitzki / Roger-Viollet/ imagekorea.co.kr

내 어머니에게

나는 아이들에게 보여주고 싶었다.
파란 파도 속을 뛰어노는 만새기들을,
금빛 물고기들을, 노래하는 그 물고기들을.

랭보, 「취한 배」 중에서

내 가여운 시인이여.

나는 당신이 그리워요.

이 그리움이 이후로도 오랫동안

지속될까 봐 나는 두려워요.

본문 중에서

머리말

사강 신화는 삼십 년도 더 전부터 시작되었다. 『슬픔이여 안녕』이 불러일으킨 대소동, 자동차와 스피드에 대한 열광, 생트로페 혹은 생제르맹데프레에서 하얗게 지새운 밤들, 새벽까지 카지노에서 도박에 심취했던 일…… 그리고 남자친구들.

프랑수아즈 사강은 이 책에서 처음으로 자기 자신에 대해 이야기한다. 그렇다. 그녀는 스피드, 생트로페, 도박, 남자친구들을 사랑했다. 그러나 자기 주변에서 소동이 일어나는 것을 싫어했다. 이 책에서 사강은 자신의 심리 상태를 분석하지는 않지만, 자신을 전적으로 바쳤던 순간들을, 자신에게 소중했던 것들을 수줍고 신중하게 이야기한다.

사강은 또한 장 폴 사르트르와 함께했던 저녁 식사를 연극의 흥행 실패 때와 똑같은 기분으로 떠올린다. 여기에는 감동이 있고, 저기에는 유머가 넘친다. 그러나 모든 이야기에 일관된 경향이 엿보인다. 바로 프랑수아즈 사강이 남자들과 달리, 그리고 그 남자들보다 더 위대하다고 거의 인정받지 못한 여자 문인들과 달리, 사랑하고 경탄하기를 좋아했다는 점이다. 우리는 사강을 통해 재능, 고결함, 비극으로 그녀를 감동시킨 사람들을 만나보게 된다(재능, 고결함, 비극은 자주 서로 연결된다). 빌리 홀리데이, 오손 웰스, 장 폴 사르트르, 카슨 매컬러스, 마리 벨, 루돌프 누레예프, 테네시 윌리엄스 등등…….

　프랑수아즈 사강은 이 책 『고통과 환희의 순간들』에서 자신이 알았던 것, 자신이 가장 행복한 것이라고 인정했던 것들을 우리에게 이야기한다. 도빌의 카지노를 나와서 맞이한 이른 아침에 도박해서 딴 돈으로 노르망디에 집을 산 일, 절망하여 죽어가던 테네시 윌리엄스를 극장에서 마지막으로 만났고 실제로 얼마 후 그가 죽은 일 등등.

그러나 우리는 단순하면서도 강렬한 이 이야기들에서 프랑수아즈 사강이 막상 자기 자신이 노출되는 일은 요령 있게 피했음을 알 수 있다. 그렇게 할 수만 있다면 떠벌리는 말들, 단순한 말들, 자연스럽고 정직하고 관대하고 감탄하게 하는 말들을 왜 두려워하겠는가?

두 번의 결혼과 이혼, 도박, 자동차 경주, 약물중독, 사강 스캔들…『고통과 환희의 순간들』은 프랑수아즈 사강이 처음으로 고백한 그녀의 문학과 삶에 대한 기록이다. 도박과 스피드에 대한 사랑과 성찰을 비롯하여, 문학적 영감을 얻은 문학작품들, 연극, 영화, 당대 최고의 문화예술계 지성들과의 만남과 우정, 사랑 등 온 몸과 마음을 바쳐 사랑했던 것들을 회고한다.

전설로 남은 위대한 재즈 보컬리스트였지만 인종차별을 받으며 쓸쓸한 삶을 살다 간 빌리 홀리데이와의 만남, 문학적 성공을 거두었지만 동성연애자로 비난의 시선을 받았던 테네시 윌리엄스와의 공연, 영화계의 상업적 현실과 타협하지 못했던

천재 영화감독 오손 웰스와의 추억, 말년에 시력을 잃은 20세
기를 대표하는 지성 장 폴 사르트르에 대한 깊은 사랑… 자유
분방하면서도 따뜻한 감성의 소유자 '인간 사강'을 만난다.

일러두기- * 표시한 부분은 내용의 이해를 돕기 위한 옮긴이 주입니다.

빌리 홀리데이

빌리 홀리데이(Billie Holiday, 1915~1959)

본명은 엘리어노라 고프 해리스(Eleanora Gough Harris), 미국의 전설적인 흑인 재즈 보컬리스트. 집이 가난하여 소녀 시절부터 비참한 생활을 했고 음악교육도 제대로 받지 못했다. 그러나 1929년 뉴욕의 클럽에서 노래 솜씨를 인정받고 1933년 베니 굿맨과 처음으로 취입한 노래가 히트하여 세상에 알려졌다. 독특한 스타일의 천재 가수로 모든 재즈 가수에게 큰 영향을 주었다. 특히 블루스 창법으로 유명하다.

뉴욕은 질서정연하게 구획된, 바람이 잘 통하고 건강하고 활기찬 도시이다. 눈부신 두 개의 강이 그곳을 흐른다. 허드슨 강과 이스트리버 강이다. 뉴욕은 낮에는 소금기와 기름기가 실린 바닷바람을 맞으며, 밤에는 엎질러진 술 냄새가 실린 바닷바람을 맞으며 밤낮으로 몸을 떤다. 뉴욕은 오존, 네온, 바다 그리고 신선한 타르 냄새를 풍긴다. 뉴욕은 햇빛을 받아 눈부시게 반짝이는, 키가 크고 젊고 요염한, 보들레르가 말한 '돌의 꿈'(보들레르의 시집 『악의 꽃』에 나오는 시 「아름다움」에 등장하는 단어―옮긴이)처럼 아름다운 금발 여인이다. 뉴욕은 키가 크고 매우 반짝이는 금발을 한 어느 여인처럼 검고 어두운 영역을, 복잡하고 황폐한 영역을 감추고 있다. 한마디로 말해, 독자들이 다음과 같은 흔해빠진 표현을 나에게 허락해준다면―하기야 독자들이 달리 어쩌겠는가―뉴욕은 매혹적인 도시이다.

매혹. 나는 그곳에 처음 발을 디디자마자 즉시 매혹되었다. 하지만 내 책을 출간한 출판사의 초청을 받아 그곳에 갔고, 초청에 상응하는 대가를 어쩔 수 없이 치러야 했다. 즉, 사람들의 추적을 받는 작가로서 요란한 캐스터네츠 소리와 구속을 견뎌내야 했다. 파리로 돌아오자마자 나는 뉴욕을 자유로운 몸으로 다시 방문하기를 꿈꾸었다. 내가 그 일을 실행에 옮긴 것은 그로부터 일이 년이 지난 후였다. 나는 모든 속박으로부터 자유롭게, 은밀한 관계들마저도 거부한 채 영화음악 작곡과 신시사이저 연구로 유명한 미셸 마뉴(Michel Magne, 1930~1984, 1960년대와 1970년대에 활발히 활동한 프랑스 영화음악가. 〈앙젤리크〉 시리즈, 〈총잡이 아저씨들〉 등의 영화음악을 만들었다―옮긴이)라는 절친한 남자친구와 함께 그곳에 갔다. 미셸 마뉴는 영어를 한마디도 할 줄 몰랐다. 하지만 유머가 넘쳤고, 자신이 연애편지를 집어넣은 통 속에 행인들이 바나나 껍질과 담배꽁초를 던져 넣어도 지나친 욕설 없이 견뎌냈다. 더욱이 그 통에 쓰어 있던 단어는 그의 눈에도 확실히 'litters'('쓰레기'라는 뜻. 미셸 마뉴는 litters를 letters로 착각했던 듯하다―옮긴이)였다. 어쨌거나 그는 십 년 전부터 나와 똑같은 집념을 갖고 있었다(나는 스물두 살 혹은 스물세 살 무렵부터 그 집념을 가졌던 것 같다). 그 집념이란 재즈의 디바, 재즈의 숙녀, 레이디 데이(Lady Day, 빌리 홀리데이의 애칭―옮긴이), 재즈의 칼라스, 재즈의 스타, 재즈의 대표적 목소리 빌리 홀리데이를 만나 그녀가 '육성으로' 노래하는 것을 듣는 일이었다. 빌리 홀리데이는 나에게 그런 것처럼 미셸 마뉴에게도 미국을 대표하는 목소리였다. 우리에게 빌리 홀리데이의 목소리는 검은 아메리카의 고통스럽고 애수 띤 목소리라기보다는 순수한 상태의 재즈를 표현하는 관능적인 목소리, 허스키하면서도 변화무쌍한 목소리였다. 우리는, 미셸 마뉴와 나는 각자 따로 그러나 같은 나이에 〈스토미 웨더(Stormy Weather)〉에서 〈스트레인지 프루츠(Strange Fruits)〉까지, 〈바디 앤드 소울(Body and Soul)〉에서 〈솔리튜드(Solitude)〉까지, 잭 티가든(Jack Teagarden, 1905~1964, 미국의 재즈 트롬본 연주자. 상업적으로는 성공하지 못했지만 자연스럽게 흘러나오는 멜로디, 세련된 기교, 전체적인 효과가 자아내는 부드러움으로 트롬본의 명인으로 인정받았다—옮긴이)에서 바니 비가드(Barney Bigard, 1906~1980, 미국의 재즈 클라리넷 연주자. 뉴올리언스 스타일을 스윙 시대에 맞게 어느 정도 변화시킨 주법을 구사했으며 독자적인 클라리넷 연주법을 개발하여 듀크 엘링턴의 작품에 포용력을 가져다주었다—옮긴이)까지, 로이 엘드리지(Roy Eldridge, 1911~1989, 미국의 재즈 트럼펫 연주자. 1970년대에 뉴욕에서 활동한 정열적이고 도전적인 연주자. 루이 암스트롱과 디지 길레스피 사이를 잇는 인물로 언급되기도 한다. '리틀 재즈Little Jazz'라는 별명을 가진 재즈의 명인이다—옮긴이)에서 바니 케셀(Barney Kessel, 1923~2004, 미국의 재즈 기타리스트. 1940년대부터 1970년대까지 미국 최고의 재즈 기타리스트로 평가받았다—옮긴이)까지 그녀의 목소리를 들으며 눈물을 펑펑 쏟기도 하고, 기쁨에 겨워 웃기도 했다.

내가 아는 유일한 호텔인 피에르 호텔—호사스러운 것을 좋아하는 내 책 편집자가 첫 번째 뉴욕 방문 때 나를 투숙시킨 곳이다—에 도착하자마자, 우리는 빌리 홀리데이를 원했고, 필요로 했고, 요구했다. 우리는 평소처럼 카네기홀에 당당하게 선 그녀를 상상했다. 하지만 사람들은 대단히 난처해하며 어쩔 줄 모르는 표정으로 다음과 같은 사실을 우리에게 알려주었다. 마담 빌리 홀리데이가 최근 마약을 복용한 상태로 무대에 올라 몇 달 동안 뉴욕에서의 공연을 금지당했다고……. 지금 같으면 뮤직홀의 디렉터들이 배를 틀어쥐며 웃을 일이다. 내 생각에 1956년의 미국은 예의범절 면에서 굉장히 청교도적이고 보수적이었던 것 같다. 사흘이나 걸려 빌리 홀리데이가 코네티컷의 한 클럽에서 노래를 부르고 있다는 사실을 알아냈으니 우리도 무척이나 집요했다. "코네티컷에서요? 그럼 어떻게 해야 하죠? 택시로 갈까요? 우린 코네티컷에 가고 싶어요." 코네티컷은 우리가 상상했던 이블린(파리 서남쪽 일드프랑스 주의 지역 이름—옮긴이)과는 아무런 공통점이 없었고, 우리는, 미셸 마뉴와 나는 얼어붙을 듯한 추위 속에서 300킬로미터 가까운 거리를 달려 괴상하고 외진 장소에 도착했다. '컨트리 뮤직'을 연주하는 그 클럽은 나에게는 그렇게 보였다. 청중은 별로 훌륭하지 못했고, 수다스러웠고, 떠들썩하게 고함을 질러댔으며, 쉽게 흥분했다. 갑자기 체격 좋은 흑인 여자 한 명이 우리 앞에 불쑥 모습을 드러냈다. 그녀는 노래를 시작하기 전 길게 찢어진 두 눈을 잠시 감았다. 그리고 다음 순간 우리를 성운(星雲) 속으로 끌고 들어가 깊이 감동시켰다. 그녀는 자유자재로 분위기를 이끌었다. 즐거웠다가, 절망적이었다가, 관능적이었다가, 냉소적이 되었다. 우리는 행복의 절정을 만끽했다. 더 이상 꿈꿀 것이 아무것도 없었다. 그리고 나는 우리가 이 행복의 절정 속에서, 이 추위 속에서 300킬로미터 거리를 다시 돌아가야 한다는 생각을 했다. 그때 누군가가 갑자기 우리를 빌리 홀리데이에게 소개하지 않았다면 그렇게 되었을 것이다. 그 사람이 그녀에게 설명했다. 이 사랑스러운 두 명의 프랑스인은 오직 당신의 노래를 듣기 위해 드넓은 대서양과 뉴욕 교외 그리고 코네티컷 주의 경계선을 가로질렀다고. 그녀가 상냥하게 말했다. "Oh, dears! How crazy you are!(오, 친구들! 당신들 정말 미쳤군요!)"

이틀 뒤, 우리는 새벽 네 시에 뉴욕에 있는 에디 콘돈의 클럽에서 빌리 홀리데이를 다시 만났다. 그녀가 사람들을 만나기에 가장 마땅하고 편안하게 여기는 시각이었다. 내 기억에 에디 콘돈은 그 시절 매우 잘나가는 나이트클럽의 사장이었다. 그 클럽은 백인들을 위한 클럽으로, 상류층이 사는 구역에 위치해 있었다. 에디 콘돈은 재즈를 무척 좋아해 마지막 술꾼들이 떠나고 나면 술 이외의 다른 것을 갈망하는 뮤지션들에게 클럽을 개방했다. 새벽 세 시 삼십 분에 클럽 문을 닫으므로, 우리는 직원용 출입구를 통해 희미한 어둠에 잠겨 있는 널찍한 나이트클럽 안으로 들어갔다. 다음 날의 영업을 위해 벌써 준비해놓은 냅킨들이 어둠 속에 하얗게 모습을 드러냈으며, 무대 위에는 피아노 한 대, 콘트라베이스 한 대, 구리로 된 트럼펫들이 스포트라이트를 받고 있었다.

　우리는 새벽 네 시부터 오전 열한 시 혹은 정오까지 그 클럽에서 담배 연기 자욱한 가운데 빌리 홀리데이의 노래를 육성으로 들으면서 십오 일—좀 더 정확히 말하면 열다섯 번의 아침—을 보냈다. 미셸이 때때로 그녀를 위해 피아노 반주를 해주었고, 그로 인해 그는 자만심에 들떴다. 미셸이 반주하지 않을 때는 빌리 홀리데이의 찬미자인 수많은 뮤지션 중 한 명이 반주를 했다. 그들은 뉴욕의 밤 속에 반사된 재즈의 수많은 북소리에 신호를 받아 모든 것을 다시 적용했으며, 차례대로 한 아침에서 또 다른 아침으로, 이 클럽에서 저 클럽으로 흘러 다녔다. 청중은 프랑스 사람인 우리와 빌리 홀리데이의 남편, 즉 그 시절 그녀의 남자와 그의 친구 두세 명뿐이었다. 그녀의 남자는 키가 크고 침울해 보였는데, 그녀는 그와 함께 열정적으로 이야기를 나누곤 했다. 무대는 어떠했냐 하면, 열정적인 코지 콜(Cozy Cole, 1909~1981, 미국의 재즈 드럼 연주자―옮긴이)은 물론이고 우열을 가리기 힘든 유명한 재즈 뮤지션 스무 명이 있었다. 게리 멀리건(Gerry Mulligan, 1927~1996, 바리톤 색소폰 연주자·편곡자·작곡가. 쿨재즈를 대중화시킨 인물이다―옮긴이)이 우리의 친구―그때 그녀는 우리와 이미 친구 사이였다―빌리 홀리데이와 함께 듀오로 연주했다. 알코올의 물결, 터지는 웃음소리, 몰이해, 때로는 분노 속에서 모든 것이 빠르게 생겨났다 빠르게 사라졌다. 우리의 친구 빌리 홀리데이는 마치 어린아이에게 하듯 우리의 머리를 톡톡 두드렸다. 우리는 미처 알아차리지 못했지만 비극적인 과거, 끔찍한 운명, 파란만장하고 격렬한 삶이 그녀와 우리 사이를 가로막고 있었다. 그러나 빌리 홀리데이는 재능을 타고났고 자신이 혐오하는 것들을 지워버리듯 자신이 좋아하는 것들을 실현할 능력이 있었다. 그러기 위해서는 눈을 감고 목구멍에서 재미있고, 냉소적이고, 너무나 상처받기 쉽고, 흉내 낼 수 없는…… 일종의 신음과도 같은 목소리를 토해내기만 하면 되었다. 그녀 자신의 본성에서 당당하고 독재적이며 온전한 한 인격의 외침이 흘러나오도록 내버려두는 것만으로 충분했다. 왜냐하면 언뜻 듣기에도 그녀의 목소리에는 기교를 부려 꾸며낸 것이, 복잡하고 까다로운 것이 아무것도 없었기 때문이다. 그러므로 그녀 속의 어떤 존재가 가장 폐쇄적이고 가장 타락한 뇌 속의 미로들을 채울 수 있었는지 나는 알지 못했다. 그녀가, 자신이 겪은 공격이나 행운의 은총을 통해 삶에 빠져들어 갔던, 생살이 드러난 거의 피투성이의 존재임을 나는 알지 못했다. 그녀는 단순한 호흡만으로 삶의 공격이나 은총에 마주하는 듯 보였다. 처음부터 숙명이 그녀를 공격했고 그녀를 결코 놓아주지 않았다는 의미에서 그녀는 '숙명의 여인(femme fatale)'이었다. 그리고 숙명은 어느 것 하나 격렬하지 않은 것이 없었던 수많은 상처와 기쁨을 그녀에게 안겨준 후 유일한 방어 수단으로 목소리의 유머러스한 억양만을 남겨주었다. 그녀가 아주 높은 음으로 혹은 아주 낮은 음으로 시작한 뒤 거만하면서도 두려워하는 눈으로 빈정거리듯 슬며시 웃으며 갑자기 우리에게 돌아올 때의 그 기묘하게 쉰 음색 말이다.

그때 우리는 거의 잠을 자지 않았다. 때때로 나는 햇볕이 내리쬐는 가운데 빌리 홀리데이와 단둘이 혹은 미셸과 함께 5번가 한복판을 걸어 올라갔다. 색소폰 소리, 타악기의 굉음 그리고 폭발하는 듯한 그녀의 목소리가 들린 후, 인적 없는 도시에는 포화 현상에 의해 보도 위에 울려 퍼지는 우리 세 사람의 발소리 외에 아무 소리도 들리지 않았다. 그 위대한 여인과 그녀의 과묵한 남자친구를 제외하고는 완전히 비어버린 정오의 뉴욕을 보았음을 나는 맹세할 수 있다. 그들은 재빨리 우리를 포옹했고, 매우 숙명적인 'B급' 추리물에 나올 듯한 길고 검고 먼지가 덮인 자동차 안으로 사라졌다. 그날 하루 동안 그것 말고 다른 무슨 일을 했는지 말할 수 없을 것 같다. 마지못해 잠에 내몰렸던 몇 시간을 빼면, 우리는 귀먹고 말없는 도시를 마치 좀비들처럼 방황했다. 도시의 유일하게 활기찬 지점, 유일한 피난처는 스포트라이트가 발하는 희끄무레한 빛, 맥 빠진 피아노 소리…… 그리고 빌리 홀리데이가 있는 무대였다. 때때로 그녀는 자신이 노래를 부르기에는 너무 많이 마셨다고, 그래서 노랫말들이 머릿속에서 마구 뒤섞인다고 말하며 장난삼아 괴상하고 애절한 가사를 지어 부르곤 했는데, 그 가사들은 단 한 소절도 내 기억에 남아 있지 않다. 이상하게도 나는 그것이 전혀 안타깝지 않다. 뉴욕은 너무나 검고 침울한 도시가 되었다(그녀의 찬란한 목소리는 별도로 하고). 바다처럼 포근하고 리드미컬한 밤, 우리는 그곳에서 흔들거리면서 우리의 피로감과 방기, 우리의 도취를 달랬다. 그 바다는 잔해물이나 진부한 것이 나타나지 않고는 명확한 기억이 떠 있을 수 없는 바다였다.

   일이 년쯤 뒤, 내가 파리에서 빌리 홀리데이를 다시 만났을 때도 어두운 밤이었다. 그사이 그녀에게 감사의 마음을 표하기 위해, 안부를 전하기 위해 한두 번 편지를 썼던 것 같다. 그녀는 답장을 보내지 않았다. 그녀는 편지 같은 것을 쓰는 사람이 아니었다. 나는 신문을 통해 그녀가 어느 날 밤 마르뵈프(프랑스 오트노르망디 주 외르에 있는 지역 이름—옮긴이)의 막다른 골목에 있는 마르스 클럽에 와서 노래한다는 것을 알았다. 나는 미셸 마뉴와 소식이 끊긴 상태였고, 남편과 함께 빌리 홀리데이의 노래를 들으러 갔다. 우리는 그녀가 오기 훨씬 전, 에디 콘돈의 커다란 클럽에서 천 리외(옛날 프랑스에서 쓰던 거리 단위. 1리외는 약 4킬로미터—옮긴이)는 떨어진 곳에 위치한 작고 어두운 클럽에 도착했다. 그곳은 에디 콘돈의 클럽보다 더 친밀하고 대단했다. 수적으로는 얼마되지 않지만 진짜 관객들이 있었기 때문이다. 자정쯤, 내가 가슴을 졸이며 발을 구르고 있을 때, 누군가가 문을 열더니 시끌벅적한 한 무리의 사람들을 이끌고 들어왔다. 빌리 홀리데이였다. 아니, 그녀가 아니었다. 더 야위고 늙었으며, 양팔에 주삿바늘자국이 더 많이 드러나 있었다. 그녀는 삶의 폭풍우와 현기증 한가운데에 선 그녀 자신을 대리석처럼 냉정하게 만들었던 자연스러운 자신감을, 육체적인 균형감을 더 이상 갖고 있지 못했다. 우리는 서로의 품으로 뛰어들었다. 그녀가 웃기 시작했다. 바로그 순간, 나는 이제는 멀어진 뉴욕에서의 흥분을, 어린아이 같고비현실적인 환희를, 오로지 음악과 밤에만 바쳐졌던 뉴욕을 되찾았다. 파란 옷과 하얀 옷을 입혀 성모 마리아께 바쳐진 어린아이 같은. 나는 남편을 빌리 홀리데이에게 소개했다. 남편은 너무나 자연스러운 동시에 너무나 이국적인 그녀의 존재에 조금 당황해했다. 나는 그제야 깨달았다. 수백만 광년이 우리를 갈라놓고 있음을, 아니 수백만 년의 암흑이 나를 그녀에게서 갈라놓고 있음을. 이제 그녀는 지나가버린 그 십오 일을 너무나 훌륭하게, 너무나 정답게 지우고 싶어했던 것이다. 모든 것이 우리의 첫 만남 때와는 많이 달랐다. 그녀의 인종, 그녀의 용기, 그녀의 역경과 그녀에게 쏟아지는 편견, 백인들 그리고 백인이 아닌 사람들에 맞서는 그녀의 투쟁, 알코올과 사악한 적들에 맞서는 투쟁, 할렘에, 뉴욕에 맞서는 그녀의 투쟁, 피부색이 유발할 수 있는 분노에 맞서는 투쟁이 문제가 되었다. 피부색 문제는 그녀의 재능과 성공이 분노를 불러일으킬 만큼 매우 격렬했다. 뉴욕에서 우리는 그 모든 것을 눈치채지 못했다. 미셸도 나도. 감수성 풍부하다는 유럽인인 우리가 그 사실에, 그 야만스러운 사연에 무심했던 것이다. 우리 두 사람은 그것을 눈치챘어야 했다. 거기에 생각이 미치자 눈물이 나려고 했다. 그날 밤의 나머지 시간 동안 정말이지 눈물을 참을 수가 없었다.

　빌리 홀리데이는 남편이 아니라 두세 명의 젊은이와 동행하고 있었다. 잘은 모르지만 스웨덴인이나 미국인 같았다. 그 젊은이들이 그녀의 소소한 일을 돌보아주는 듯했다. 그러나 그들은 나만큼이나 그녀의 운명에 대해 모르고 있었다. 그들은 그녀에게 경탄하는 마음을 갖고 있었지만 일에서는 비효율적이었다. 그들은 그날 밤을 위해 준비한 것이 아무것도 없었다. 터무니없는 일이지만, 빌리 홀리데이가 박수갈채 따위에는 무심한 표정으로 이미 검은 피아노에 몸을 기대고 서 있는데도 당연히 있어야 할 마이크조차 보이지 않았다. 그 일은 대혼란을 초래했다. 바보처럼 지직거리는 낡은 마이크를 고치기 위해 사람들이 네 발로 엎드려 기어 다니기 시작했고, 누군가가 다른 마이크를 구해오려고 근처의 클럽 '라 빌라 데스테'인지 어디인지로 뛰어갔다. 모두 신경질이 나고 흥분했지만 아무 소용이 없었다. 잠시 후, 빌리 홀리데이는 체념한 듯 우리 테이블에 와서 앉았고, 예의 쉬고, 혼란스럽고, 빈정거리는 듯한 목소리로 나에게 말을 건네며 멍한 표정으로 술을 마시기 시작했다. 우리 주변에서 일어나고 있으며 그녀 자신의 문제인 그 일에 완전히 무관심한 듯 보였다. 그녀는 내 첫 번째 남편에게 나를 때려줬냐고 물은 것을 빼고는 별로 이야기를 하지 않았다. 아이러니하게도 그녀는 그가 그렇게 해야 한다고 큰 소리로 외쳤다. 나에게는 예기치 않은 재난이었다. 내가 핀잔을 주자 빌리 홀리데이는 웃었다. 짧은 순간, 나는 에디 콘돈의 클럽에서 웃던 그녀의 웃음소리의 울림을 다시 발견했다. 우리가 함께 있었을 때, 아주 젊고, 행복하고, 매우 재능이 있었을 때, 마이크가 잘 작동했을 때, 내가 감히 말로 표현하지는 못하지만 노래하기 위해 그녀에게 마이크가 필요 없었을 때의 그 웃음소리 말이다. 결국 마이크가 마련되었는지 어쨌는지 잘 모르겠다. 아무튼 빌리 홀리데이는 4인조 밴드의 반주에 맞춰 몇 곡을 노래했다. 불안정한 밴드는 예측할 수 없는 그녀의 애드리브를 따라가려고 애썼고, 그녀 또한 불안정해졌다. 빌리 홀리데이에 대한 내 경탄 혹은 내 기억의 힘은 이러하다. 그 공연이 보잘것없고, 끔찍하고, 웃음거리가 될 만한 결함을 보여줬음에도 불구하고, 나는 그녀가 훌륭하다고 생각했다. 그녀는 눈을 내리깔고 노래했다. 한 소절을 불렀고, 힘겹게 호흡을 가다듬었다. 그녀는 풍랑이 심한 바다에서 상갑판의 난간에 매달리듯 피아노에 매달렸다. 그 자리에 있던 다른 사람들도 분명 나와 똑같은 마음으로 그곳에 온 듯했다. 그녀에게 열렬한 박수갈채를 보냈으니 말이다. 그러자 그녀가 빈정거리는 듯하면서도 불쌍히 여기는 듯한 시선을 그들에게 던졌다. 사실 그것은 그녀 자신을 향한 사나운 시선이었다.

　노래가 끝난 후, 그녀는 우리에게 다가와 잠시 동안, 아주 잠시 동안 자리를 함께했다. 왜냐하면 다음 날 다시 떠나야 했기 때문이다. 런던 혹은 그녀도 잘 모르는 유럽의 어딘가가 다음 목적지였던 것 같다. 그녀가 말했다. "어쨌든 Darling, you know,

I am going to die very soon in New York, between two cops(달링, 당신도 알겠지만 나는 얼마 안 있으면 뉴욕에서 죽을 거예요. 두 명의 경찰이 지켜보는 가운데 말이에요)." 물론 나는 그렇지 않을 거라고 부인했다. 그 말을 믿을 수 없었고, 믿고 싶지도 않았다. 그녀의 목소리에 위안받던 내 청춘 전부가 그 말을 믿기를 거부했다. 그리고 몇 달 뒤, 나는 신문을 펼치면서 빌리 홀리데이가 지난밤 병원에서 두 명의 경찰이 지켜보는 가운데 사망했다는 기사를 읽고 망연자실했다.

도박

우리는, 그('도박'을 의인화하여 '그'라고 표현한 것—옮긴이)와 나는 어느 해 6월 21일에 만났다. 하짓날 태어난 나는 스물한 살이 되는 바로 그날 밤 단호한 걸음걸이로 그를 만나러 갔다. 나는 두 명의 대부(代父)를 대동하고 칸의 '팜 비치' 도박장으로 들어갔다. 그들은 초록색 양탄자 위에서 펼쳐질 나의 첫 게임을 보는 데 흥미를 느끼고 있었다. 그들은 내 첫 게임을 보았다. 하지만 그 이후의 게임은 보지 못했다. 나는 그들의 시야를 벗어나, 그들 없이 이 카지노에서 저 카지노로 뛰어다녔던 것이다.

(주: 사람들이 말하는 것과 달리, 나는 앞에서 말한 초록색 양탄자 위에 '재산'을 전부 탕진하지는 않았다. 이상하게 들리겠지만 내게는 자유롭게 쓸 수 있는 재산이 전혀 없었기 때문이다. 내 생활양식과 비슷한 정도의 돈만을 도박에 탕진했다. 사치스러운 수준의 생활양식이 아니라, 꿈속의 생활양식 말이다. 꿈은 나에게 사랑의 슬픔이 아닌 다른 어떤 것에 의해 피폐해지거나

근심스러워진 얼굴이 주변에 없는 것을 의미했다. 그러므로 나는 현재의 나날—앞으로 다가올 나날은 제외하고—을 보호하고자 늘 고집했고, 나에게는 운명을 건 도박에 탕진할 아주 작은 재산도 남지 않았다. 그러므로 내 능력을 뛰어넘어 도박을 하는 데 마음의 불편을 전혀 느끼지 않았고, 그것은 도박의 법칙 자체이기도 했다. 게다가 이상하게도 나는 도박에서 돈을 잘 따는 편이다. 내가 자주 갔던 카지노의 지배인들은 그들의 가게에 수백만 프랑을 갖다 바친 장본인으로 사람들이 나를 거론할 때 씁쓸하게 조소했을 것이다. 나는 사람들이 나를 마조히스트로 의심하지 않도록, 도박을 내 나쁜 친구로 여기지 않도록 이 여담을 집어넣었다. 내 친구들이 모두 진실한 친구였던 것과 마찬가지로, 우연도 나에게 늘 좋은 친구였다. 물론 두 가지 의미에서 변덕스럽긴 했지만.)

도박과의 첫 만남은 호사스러운 분위기에서 전개되었다. 그 시절 6월 말, 칸의 '팜 비치'에서 수많은 손님이 대결하는 모습을 볼 수 있었다. 내 기억으로는 대릴 재넉(Darryl Zanuck, 1902~1979, 할리우드의 유명한 시나리오 작가·배우·제작자. 아카데미상을 수상했으며 20세기 폭스 사 회장을 역임했다—옮긴이), 코냑 헤네시(Cognac Hennessy, 코냑 제조회사인 헤네시 사를 설립한 집안—옮긴이)가의 사람들이 있었던 것 같다. '에테르넬' 앞에는 잭 워너(Jack Warner, 1892~1978, 캐나다 출신의 미국 영화제작자. 1905년 영화계에 뛰어들어 1912년 영화제작을 시작했으며, 1920년대 중반에 이르러 워너 브라더스라는 이름의 스튜디오를 세웠다—옮긴이)와 다른 재력가들, 유명한 도박사들도 있었다. 대부들은 신중하게도 나를 그들의 테이블에서 떼어놓았지만, 나는 그들의 테이블에 가서 게임을 구경했다. 그리고 그 거인들의 싸움에 깊은 인상을 받았다기보다는 아연실색했다. 나는 바카라(도박의 일종—옮긴이)의 규칙을 배웠고, 카드 두 장의 합계가 8이나 9가 되면 단번에 5천만 앙시앵(프랑스의 옛 화폐단위—옮긴이)을 딸 수 있다는 것도 배웠다. 또한 1억 앙시앵을 따거나 모두 잃을 각오를 하고 그 카드 두 장으로 게임을 다시 시작할 수 있다는 것도 배웠다. 나를 매혹한 것은 금액의 어마어마함보다는 그것의 빠른 이동이었다. 나는 두 번의 기회에 운을 걸어보는 자신을 상상해보았다. 그때 나는 다른 곳과 마찬가지로 카지노에서도 재산은 수표가 말해준다는 것을, 그 수표들은 앞에서 말한 카지노에서 기꺼이 받아들여지기도 하고 그렇지 않기도 하다는 것을, 그리고 카지노 지배인들의 비열한 신중함이 때로는 도박사들에게 도움을 주는 제동장치가 되고 때로는 도박사들의 광기에 치명적이 된다는 것을 미처 알지 못했다. 마침내 나는 내 수호천사들, 아니 차라리 내 비열한 악마들과 함께 작은 룰렛 테이블에 다다랐고, 거기서 놀랍게도 내가 좋아하는 숫자가 3, 8, 11이라는 사실을 발견했다. 나 자신도 모르고 있던 그 일은 이후 결정적인 사실이 되었다. 무엇보다 내가 빨간색보다는 검은색을, 짝수보다 홀수를, 룰렛에서 '파스'(19에서 36으로의 이동—옮긴이)보다는 '망크'(1에서 18로의 이동—옮긴이)를 더 좋아한다는 것을 깨달았다. 그 밖에 정신분석가들이 분명 흥미로워할 본능적인 선택 몇 가지도. 나는 처음에는 조금 잃었고, 그다음에는 서른여섯 배를 땄다. 그것은 나에게 너무나 당연한 일로 여겨졌지만, 친구들은 깜짝 놀랐다. "대단해. 오 분 만에 서른여섯 배를 따다니!" 그 후 나는 바카라 테이블에서 전에 딴 것을 잃었고, 숫자 없는 카드를 읽는 데 어려움을 겪는 내게 사람들이 매력적인 딜러 한 명을 붙여주었다. 딜러는 내가 취할 행동을 대신 결정해주었다. 그렇게 해서 나는 확률이 반반일 때는 5를 빼들지 않아야 한다는 것을 알게 되었다(이쯤 되면 이 이야기를 읽는 모든 도박사가 내 도박 방식의 전체적 특징을 알아차릴 것이다). 나에 대하여 이야기하자면, 도박장에서는 그 어느 곳보다 감정을 숨기는 것이 중요하다는 사실을 깨달았다. 하룻밤 동안 사람들의 얼굴에 몇몇 서투른 배우에게서 볼 수 있는 강렬하고도 과도한 방식으로 불신, 우직함, 실망, 분노, 격정, 고집, 격분, 안도감, 환희, 그리고 게임이 잘 안 풀릴 때는 무심함이 그려지는 모습을 보고, 나는 이후 나에게 무슨 일이 일어나든, 공격을 받든 행운이 미소 짓든 늘 운명에 대립하기로, 즉 미소 띤 얼굴, 한 술 더 떠 상냥한 얼굴을 하기로 마음먹었다. 그런 태도는 내가 좋아하는 숫자들과 마찬가지로, 이후 한 치도 변하지 않았다. 심지어 내 냉정함에 대해, 냉정함을 넘어선다고 할 수 있는 영국인들에게 칭찬을 받기까지 했다. 고백건대 거기에서 내가 살아오는 동안 발휘할 수 있었던 혹은 발휘했다고 믿었던 다른 미덕들보다 훨씬 더 큰 허영심을 느꼈다.

　나는 이 글에서 도박의 매력에 대해 설명하려고 애쓰지 않을 것이다. 사람들은 도박의 매력을 알기도 하고 모르기도 한다. 그것은 타고난다. 머리 색이 적갈색이라든가 영리하거나 집념이 강한 성격을 타고나듯 말이다. 도박을 모르는 사람은 몇 페이지 건너뛰시라. 앞으로 이야기할 몇몇 일화는 나와 같은 신앙을 가진 사람들만 즐거워하고 전율을 느낄 수 있으니 말이다. 도박이 사람을 깊이 빠져들게 하는 습관인 것은 사실이다. 재미있게 도박에 몰두하다 보면 가장 사랑하는 사람을 두 시간씩 기다리게 할 수도 있고, 한 시간 뒤 문제들이 열 배로 늘어날 각오를 하고 계속 돈을 걸면서 자신의 빚과 속박, 제약들을 깊이 망각할 수도 있다. 그러나 도박은 우리의 가슴을 뛰게 하고, 시간이라는 모래시계를, 돈이 주는 중압감을, 사회가 가하는 '문어발식' 속박을 잊게 한다. 도박을 할 때 돈은 결코 존재하기를 멈추지 않는 어떤 것, 장난감, 플라스틱 칩, 다시 말해 교환 가능한 본성을 지닌 현실에 존재하지 않는 어떤 것이 되어버린다. 또한 진정한 도박사는 심술궂고 인색하고 공격적인 경우가 매우 드물며, 마음속에 너그러움을 간직하고 있다. 자신이 가진 것을 잃는 일을 두려워하지 않고, 물질적·정신적인 모든 소유를 일시적인 것으로 간주하고, 모든 패배를 우연으로 간주하며 모든 승리를 하늘의 선물로 간주하는 사람들처럼 말이다.

카지노에서는 게임의 빠른 전개가 때로 불쾌한 열광을 불러일으키는데, 경마장이 그러한 사실을 더 잘 증명한다. 롱샹에서 열리는 그랑프리 경기를 제외하고, 경마장의 필드 석에는 이른바 민주주의자라는 사람들을 오염시키는 편견의 흔적이 전혀 없다. 거기에는 사회적 차별이 존재하지 않고, 부자도 가난한 사람도 존재하지 않는다. 오직 승자 혹은 패자가 있을 뿐이다. 돈을 얼마나 땄는지 얼마나 잃었는지는 전혀 중요하지 않다. 기 드 로스차일드(Guy de Rothschild, 1909~2007, 250년간 국제 금융계를 주름잡은 유대인 재벌 로스차일드 가문의 '살아 있는 전설'로 불렸던 거부—옮긴이)의 말이 이기지 못했을 때, 하역 일을 하는 인부들이 매우 진실한 태도로 그를 위로해주는 것을 나는 보았다. 부유한 파리 여자가 술집 급사에게 정보를 달라고 간청하거나, 평범하고 선

량한 사람이 10프랑짜리 마권 한 장을 흔들어댐으로써 뭇사람에게 경탄의 대상이 되는 것을 나는 보았다. 도박사들의 악덕을 넘어서서, 그들의 심취와 치명적인 충동을 넘어서서, 도박사들이 어린아이처럼 천진난만하다는 사실을 우리는 기억해야 할 것이다. 그리고 기록이 들쑥날쑥한 듣도 보도 못한 말에게 건 돈이 사랑하는 자식들의 식비였다면, 그들에게는 차라리 영광일 것이다. 오퇴유나 뱅센의 경마장에서 오후 내내 승자가 되는 것, 혹은 연거푸 일곱 번 경마에 대한 직관력을 발휘하는 것은 곧 영예로운 스타덤에 오르는 일이다. 그런 스타덤에 저항할 수 있는 남자는 별로 없으며, 여자도 마찬가지일 것이다. 반대로 일주일 연거푸 '불운'만 따르고 말 한 마리도 맞히지 못할 때, 그 사람은 자신을 천민으로, 저주받은 존재로 여길 것이며, 신의 은총을 잃고 신이 자기를 더 이상 사랑하지 않는다고 생각한 중세의 신자들만큼이나 불행한 존재가 될 것이다.

하지만 이제 진정한 게임으로, 다시 말해 사람들이 생각하는 것보다 여러분을 더 멀리 끌고 가는 그 게임으로 다시 돌아가도록 하자. 확실히 경마는 카지노의 도박보다 덜 위험하다. 경마장 창구에서는 신용거래를 하지 않고 수표도 받지 않는다. 그러므로 불운한 사람들은 대개 세 번째나 네 번째 경기 후 우울한 심정으로, 그리고 눈에 띄지 않게 경마장을 빠져나간다. 반면 카지노에서는 마음대로 신용거래를 할 수 있기 때문에 상황이 악화된다. 나는 스물한 살에 억만장자 대우를 받았고, 그런 달콤한 확신이 몇몇 카지노의 지배인들을 사로잡았다. 나는 카지노 데뷔 후 석 달 만에 몬테카를로 카지노를 다시 찾아가 파루크 (Farouk Ⅰ, 파루크 1세, 1920~1965, 이집트의 마지막 국왕. 재위 기간 1936~1952─옮긴이)와 함께 어마어마한 게임을 한 판 벌였다. 나는 침묵의 카드를 여전히 읽을 줄 몰랐고, 그 결과 나에게 다음과 같은 사건이 일어났다. 나는 1을 손에 쥔 채 7을 가졌다고 착각하여 패를 내지 않았고, 파루크는 4를 들고 있다가 6을 더 받았다. 당연히 내가 이겼다. 내가 패를 내보이자 놀라움과 분개가 뒤섞인 술렁임이 테이블을 휩쓸었다. 사실 나에게는 게임에 져야 할 엄격한 권리가 있었다. 어쨌거나 나는 돈을 땄고, 이번에는 그런 흥분 상태에서 7을 가진 채로 퀸을 더 받았다. 파루크는 6이었다. 이번에도 내 승리였다. 파루크는 쓰러지기 일보직전이었고, 부인들은 다이아몬드를 풀어야 했다. 결국 사람들은 나에게 딜러를 붙여주기로 결정했다. 그날 밤 나는 확실히 돈을 땄다. 하지만 돈을 따면서 그토록 불편한 기분을 느낀 적이 없었다.

    그 시즌은 그것 말고 별다른 사건 없이 끝났다. 다행히도 생트로페에는 카지노가 없었고, 나는 여름철이면 사람들로 북적이는 생트로페를 일단 한번 둘러본 뒤 좀 더 조용한 노르망디 해변으로 가기로 했다. 나는 옹플뢰르(프랑스 바스노르망디 주 칼바도스 도道 해안에 있는 항구도시—옮긴이)에서 조금 떨어진 곳에 있는, 먼지투성이에 삐그덕거리는 커다란 집을 빌려 해수욕을 하며 7월을 보낼 생각이었다. 그러나 안타깝게도 서로 관련되는 두 가지 사실을 발견했다. 바다의 상태가 사나워서 해수욕을 하기엔 무리라는 것과 도빌(바스노르망디 주 칼바도스 도의 센 만灣에 있는 해변 휴양지—옮긴이)의 카지노가 항상 열려 있다는 사실이었다. 환하고 즐거워야 할 내 낮 시간들은 하얀 밤들로 대체되었다. 베르나르 프랑크(Bernard Frank, 1929~2006, 프랑스의 작가 겸 저널리스트—옮긴이)와 자크 샤조(Jacques Chazot, 1928~1993, 프랑스의 댄서—옮긴이)와 나는 새벽과 밤에만 얼굴을 보았다. 때로는 이도저도 아닌 마리화나를 아주 조금 피우면서. 새들의 노랫소리는 플라스틱 칩들이 부딪치는 소리에 덮여버렸고, 초록색 양탄자가 풀밭을 대신했다. 8월 7일, 그러니까 우리가 집을 비워주기 전 집주인과 함께 집 사용에 관한 복잡하기 짝이 없는 대차대조표를 작성해야 하는 전날 밤, 우리는 마지막으로—우리는 그렇게 생각했다—아직 앙드레가 지배인을 맡고 있던 도빌의 커다랗고 하얀 카지노로 향했다. 바카라에서 빨리 파산해버린 나는 룰렛 게임에 달려들었다. 그리고 처음부터 8이 연속으로 나온 덕분에 새벽에는 선두에 서게 되었다(그때가 1960년이었다). 나는 8만 프랑을 땄다. 우리는 매우 기쁜 마음으로 집으로 돌아가 대차대조표를 팔 밑에 끼고 문 앞에 서 있는 집주인 앞에 쓰러졌다. 집주인은 우리가 집을 비우고 떠날 시각이 아침 여덟 시라는 점을 나에게 엄격히 주지시켰다. 바야흐로 집주인과 함께 귀찮은 대차대조표를 작성해야 했다. 그때 집주인이 그 집을 사지 않겠냐고 나에게 불쑥 물었다. 나는 절대 사지 않을 거라고, 임차인이 적성에 맞다고 대답했다. 그러자 그가 다시 권유했다. "손볼 데도 있고 하니 비싸게 팔지 않을게요. 8만 프랑만 내요." 그날은 8월 8일이었다. 나는 8로 돈을 땄고, 집주인은 그 집을 8만 프랑에 팔겠다고 했다. 게다가 그때 시각이 아침 여덟 시였다. 그런 상황에서 내가 어떻게 했으리라 짐작하는가? 나는 야회용 핸드백에서 지폐 다발을 꺼냈다. 핸드백 안에는 지폐가 꽉꽉 들어차 있었다. 나는 그 지폐 다발을 집주인의 손에 쥐여준 다음 의기양양한 마음으로 침대에 누우러 갔다. 그때도 그렇고 지금도 그렇지만 지상에서 내가 가진 유일한 재산인, 옹플뢰르에서 3킬로미터 (그리고 도빌에서 12킬로미터) 떨어진 곳에 위치한 조금 망가진 그 커다란 집 안을 가로질러서 말이다.

이제 와서 나에게 도박의 해악이나 도박하는 사람들을 짓누르는 불운에 대해 이야기하지는 않았으면 한다. 나 또한 그 별장을 사서 겪은 헤아릴 수 없이 많은 일거리에 대해서도, 갖가지 재앙에 대해서도 이야기하지 않겠다. 집을 가져본 사람이라면 누구나 알고 있는 일일 테니까. 나는 차라리 비와 햇살이 뒤섞였던 충실하고 감미로운 이십오 년에 대해, 진달래에 대해, 그리고 그곳에서 보낸 행복했던 바캉스에 대해 이야기하겠다. 스무 번 저당 잡히고 두 번은 거의 팔아버릴 뻔했지만, 부지런한 내 친구들에게는 일터였고 사랑에 빠진 친구들에게는 피난처였던 그 집은 오늘날 80억 프랑에 상응하는 가치가 있다.

물론 그 집은 수없이 잦았던, 의기양양하거나 의기소침했던 새벽 귀가의 증인이었다. 그 새벽 귀가에는 도박할 때 늘 나타나는 흥분과 무사태평함이 뒤따랐다. 수천 개의 일화가 내 기억 속에 교차한다. 그러나 커피 혹은 샴페인을 곁들인 그 아침 식사들을 떠올리는 것만으로, 우리의 실패 뒤에서 세심하고 부드럽게 다시 닫혔던 혹은 혼자 집에 남아 잠을 잔 불운한 친구 앞에서 기세 좋고 의기양양하게 열렸던 그 집의 현관문을 떠올리는 것만으로 충분하다. 우리는 문을 열면서 이렇게 외쳤다. "축하해 줘!" 한번은 어떤 친구가 단돈 200프랑으로 6만 프랑까지 땄고, 한번은 일이 많아 정신을 못 차린 어느 딜러가 내 발음을 잘못

알아듣고 내 100프랑을 '망크'가 아니라 30에 걸었는데, 진짜 30이 나온 일도 있었다. 어떤 남자는 여자친구가 잃은 돈을 두 배로 다시 따주었고, 여자친구가 갖고 싶어한 자동차를 살 수 있을 만큼 거액을 딴 남자도 있었다. 돌아갈 택시비가 없어 카지노 수위에게 돈을 빌린 일은 헤아리지 않는다 하더라도, 파리로 돌아갈 기름값을 충당하기 위해 돈을 갹출한 적도 있었다. 그러나 신기하게도 가장 기억에 남는 것은 승리의 순간들이다. 우리는 호감 가는 도박사들만 떠올리는 것처럼 좋았던 시간만 떠올린다. 이십오 년의 도박 생활 동안 사귄 사람들의 이름은 다 모르지만 마음을 주고받은 친구의 수는 상상을 초월한다. 우리는 매일 저녁, 매일 밤 혹은 석 달 동안 똑같은 얼굴들을 만나곤 했다. 때로는 그다음 해까지 이어지는 경우도 있었고, 심지어 삼 년 동안 그런 경우도 있었다. 우리는 서로 긴 이야기를 나누지는 않았다. 그저 "안녕하세요."라는 말만 했다. 그 외에는 상대방이 하는 게임의 진척 상황에 따라 축하를 하고 애석해하면서 서로 미소만 주고받았다. 우리는 행운 혹은 불운을 서로 나누었다. 다시 말해, 매우 내밀한 속내 이야기들이 만들어내는 관계보다 더 견고하게 결합되어 있었다. 그런 식으로 알게 된, 그러나 결코 잊지 못하는 몇몇 친구가 있다(우리는 제복을 입은 카지노 직원을 통해 우연히 그들의 죽음을 알게 되었고, 그 사실은 우리에게 사람들이 상상하는 것보다 훨씬 더 깊고 터무니없는 슬픔을 유발했다). 너무 빠르게 게임을 해치워버리는 도박사들도 있다. 8월 초에 번쩍거리는 자동차를 탄 요란한 차림새의 그들을 보았다. 그들의 얼굴은 '솔레유 바'에서 매일 조금씩 야위어갔다. 마침내 보름 뒤, 그들이 허둥지둥 도망쳐버렸다는 소식을 들었다. "안녕, 송아지, 암소, 돼지, 병아리들이여……." 안녕, 둥근 천장 밑에서 보내는 새벽이여. 안녕, 하얀 바다와 텅 빈 해변이여. 안녕, 니코틴에 찌들어 희미해진 눈들이 피하는 아침 햇살 속을 날뛰는 말(馬)들의 첫 구보여.

　　연속된 불운을 겪은 어느 아름다운 밤, 도스토옙스키적이고 비극적인 밤, 나는 오 년 동안 카지노 출입을 하지 않기로 결심했다. 그러나 그것은 오 년간의 악몽이었다고 즉시 말할 수 있다. 어떤 레코드 소리도, 어떤 트럼펫 소리도 우리의 머릿속에서 울리는 플라스틱 칩 소리를 덮지 못했다. 그리고 "이번 판이 끝나갑니다. 곧 새로운 판이 시작됩니다!"라고 외치는 딜러의 우렁찬 목소리가―그때 우리는 춤을 추러 가기 위해 카지노 입구를 지나고 있었다―마치 선지자 모세의 목소리처럼, 자비롭지만 엄격한 하느님의 목소리처럼 우리의 귓속에 울려 퍼졌다. 물론 그 목소리는 우리를 불경함 한가운데로 내칠 판이었다. 나는 '우리'라고 말했다. 왜냐하면 충실하고 헌신적인 내 친구들이 내 불행을, 내 금욕 생활을 돕기 위해 신중한 태도로 차례차례 종적을 감춰 금지된 쾌락의 장소인 초록빛 목장으로 다시 돌아가고 있었기 때문이다. 무엇이든 자기 자신에게 뭔가 금하는 일은 하지 말아야 한다. 안타깝게도 나는 그 사실을 너무 늦게 깨달았고 그 생각이 나를 괴롭혔다! 그러나 나는 몬테카를로를 싫어했고 거기서는 별로 게임을 하지 않았기 때문에 내가 있어야 할 곳은 런던뿐이었고, 런던에서는 할 일이 아무것도 없었다.

나는 런던에서 할 일이 아무것도 없었다. 그런데 마침 그때 내 문학 에이전트가 나에게 알려준 바에 따르면, 런던에 음흉한 한 남자가 있는데—그 사람의 이름과 직업은 지금은 전혀 기억나지 않는다—그가 모두 합해 2만 5천 프랑을 나에게 빚졌으면서도 그 빚 갚기를 거부하고 있다고 했다. 나는 채무 회수의 사명을 띠고 앞서 말한 문학 에이전트와 함께 떠나기로 결심했다. 당시 내 재정 상태가 좋지 못했고, 다른 한편으로 내가 런던을 잘 몰랐기 때문이다. 하기야 나는 언제나 런던을 잘 몰랐다. 또한 나는 오랫동안 보지 못한, 런던에 사는 매력적인 한 남자친구를 기억해냈다. 그것이 십 년 전의 일이다. 어쨌거나 기차표와 호텔 숙박비까지 합쳐 상당한 비용이 들 터였다. 우리는 떠났고, 애거서 크리스티 풍의 호텔에 짐을 풀었다. 그날 저녁 나는 에이전트와 함께 앞서 말한 매력적인 남자친구와 저녁 식사를 했다. 우아한 식당 '애너벨'에서였다. 디저트를 먹을 때 그 영국인 친구가 2층, 즉 우리 머리 바로 위에 '클레몬트 클럽'이 있다고 알려주었다. 몇몇 친구가 겁에 질려하면서도 황홀한 표정으로 그 전형적인 영국 클럽에서 영국적인 냉정한 태도로 멋지게 한판 놀았다고 이야기하는 것을 나는 들은 적이 있었다. 우리는 2층으로 올라갔다. 내 취향을 조금 알고 있는 그 남자친구가 나를 소개한 뒤, 한 시간 동안 나를 바카라 테이블에 앉혀두었다. 그는 내 에이전트—에이전트는 그때부터 이미 걱정스러운 표정을 하고 있었다—와 함께 나를 위한 축배를 들기 위해 다시 아래층으로 내려갔고, 나는 주변을 찬찬히 둘러보았다. 커다란 홀에는 가죽과 나무로 된 안락한 가구들이 놓여 있었고, 영국 상류사회의 전형적인 인물 몇이 앉아 있었다. 두 판의 뱅크(32장의 카드로 하는 게임—옮긴이) 사이에서 경마에 대해서만 이야기하는 마주(馬主)들이 있었고, 꽃 달린 모자를 쓰고 훌륭한 보석으로 치장한 괴상한 노부인 두 명, 영국의 매우 이름 높은 가문의 타락한 젊은 상속자가 있었다. 내 맞은편에는 파리 사교계의 남자가 있었다. 그는 커다란 테이블에 앉아 있는 나를 보고는 깜짝 놀라 눈을 굴렸다. 사람들은 기니(21실링에 해당하는 영국의 옛 금화—옮긴이)를 걸고 게임을 했는데, 나는 그 금화들의 가치에 대한 개념이 전혀 없었다. 누군가가 복잡한 설명을 내 귀에 속삭였고, 클럽 사장은 내가 경쾌하게 사인한 조그만 종이쪽지와 맞바꾸는 조건으로 나에게 칩 한 무더기를 가져가게 했다. 그리고 게임이 시작되었다.

매우 유쾌한 시간이었다. 나는 그 사실을 인정하지 않을 수 없다. 우리가 잘 알듯이 영국인들은 세상에서 가장 훌륭한 도박사다. 도박이 정말로 그들을 흥겹게 만드는 것 같다. 내 왼쪽 사람들은 말(馬)에 대해 이야기했고, 오른쪽에서는 요트에 대해 이야기했으며, 맞은편에서는 여행 이야기를 하고 있었다. 내 작은 칩무더기는 대체적인 무관심 속에 차례차례 사라져갔다. 칩 무더기가 완전히 사라지자, 제복을 입은 멋진 직원이 은쟁반에 또 다른 칩 무더기를 담아와 내 앞에 내려놓았다. 나는 그가 함께 가져온 조그만 종이쪽지에 사인을 했다. 한 시간 뒤, 내 에이전트의 얼굴이 뒤에서 불쑥 나타나는 바람에 나는 그 행복한 마비 상태에서 깨어났다. 에이전트의 안색은 창백한 초록빛이었다. 그가 이해할 수 없는 말을 몇 마디 중얼거렸다. '끝장났다' 혹은 '재앙' 등의 단어들이었다. 그 바람에 나는 맞은편에 있는 파리 남자의 얼굴이 새빨개졌음을, 그리고 게임을 시작할 때 눈을 굴리던 것과는 거리가 먼 상태임을 알아차렸다. 그는 상처 입은 암늑대 같은 엄숙하고 괴상한 표정으로 나에게 시선을 고정했다(나는 그렇다고 생각했다). 조금 불안해진 나는 제복을 입은 아까 그 직원에게 내가 빌려 쓴 금액의 총액을 종이쪽지에 적어달라고 조심스럽고도 재빠르게 부탁했다. 그러자 그는 키가 크고 건장하며 매우 호감 가는 한 남자에게 다가가 몇 마디 말을 주고받았다. 처음부터 테이블 주변을 맴돌던 그 남자는 다름 아닌 클레몬트 클럽의 사장이었다. 그가 총액을 계산한 뒤, 종이쪽지에 숫자를 기록했고, 충실한 사자(使者)인 직원은 재빨리 그 종이쪽지를 나에게 가져다주었다. 나는 종이쪽지를 펼쳐보았다. 거기에 적힌 숫자를 보고 뒤로 벌렁 나자빠지지 않기 위해서는 내 모든 원칙이, 내 영혼의 모든 힘이, 내 부모님이 나에게 주려고 애쓰셨던 모든 훌륭한 교훈이, 그리고 내가 혼자서 획득할 수 있었던 모든 나쁜 교훈이 필요했다. 나는 그때 돈으로 8만 파운드를, 프랑으로 환산하면 두 배인 16만 프랑을 빚졌던 것이다. 내 은행 계좌에는 그 금액의 4분의 1밖에 없었다. "당신 차례예요." 내 옆에 앉아 있던 친절한 남자가 패를 내 쪽으로 밀면서 강한 악센트로 말했다. 나는 확고한 태도로 나에게 남아 있던 칩의 절반을 한 손으로 전진시켰다. 그러나 그 칩들은 9에 져서 즉시 사라져버렸다. 나는 다음 사람에게 패를 넘긴 다음 깊이 생각해보려고 애썼다. 그 도박 빚을 갚으려면, 보험료는 제외하더라도 현재 살고 있는 아파트를 팔고 아들을 어머니에게 맡긴 뒤, 어머니 집 옆에 스튜디오 하나를 얻어 세무서와 클레몬트 클럽을 위해서만 꼬박 이 년 동안 일을 해야 했다. 안녕, 바캉스여, 자동차여,

외출이여, 옷이여 그리고 무사태평함이여. 상황은 그야말로 최악이었다! 너무나 끔찍해서 내 생각에는 그런 식으로 인생의 이 년이나 사 년을 잃어버릴 것만 같았다. 이 년이든 사 년이든 다를 게 없었다. 나는 멍한 표정으로 한 손을 들어 올렸다. 그러자 제복을 입은 민첩한 직원이 즉시 그 가증스러운 은쟁반에 가증스러운 칩 무더기를 담아 내 옆으로 왔다. 나는 그가 가지고 있는 종이쪽지에 다시 한 번 사인을 했고, 날카로운 목소리로 다음 판을 요구했다. 다음 판에서 나는 돈을 땄다. 이후 나는 쉬지 않고 모든 판에 참여했다. 사람들이 말하는 대로라면 나는 '큰 모험'을 하고 있었다. 나는 큰돈을 걸었다. 그리고 오, 기적적이게도 행운이 돌아오기 시작했다. 얼마 되지 않던 내 칩들이 견딜 수 없을 만큼 느린 속도로, 아니 놀랄 만큼 빠른 속도로 큰 무더기로 변했다. 때때로 나는 제복을 입은 직원에게 거추장스러운 칩 무더기를 내게서 치워달라고 부탁했다. 그러자 그가 내 종이쪽지들을 찢어서 나에게 돌려주었다. 한 시간이 쏜살같이 흐른 뒤, 나는 실크 양말을 신은 그 사자에게 내 계산이 어떻게 되었는지 조심스럽게 물어보았다. 그는 다시 사장에게 갔다. 내가 곁눈질로 보기에는 그랬다. 이번에 사장은 아까보다 훨씬 빠르게 계산을 했다. 직원이 작은 종이쪽지를 가지고 다시 나에게 돌아왔고, 나는 그 종이쪽지를 천천히 펼쳐보았다. 이제 내 빚은 50파운드뿐이었다. 덧붙이자면 그동안 나는 내 왼쪽에 앉은 남자와 엡섬(영국 서리 주에 있는 도시—옮긴이)에서 열리는 더비(엡섬에서 열리는 경마 대회—옮긴이)에 대해, 오른쪽에 앉은 여자와는 플로리다의 매력에 대해 이야기해야 했다.

나는 돌연 지친 표정으로 자리에서 일어나 좌중에게 상냥하게 인사를 했고 그들도 나에게 답례 인사를 했다. 나는 계산대에 가서 50파운드를 지불했다. 클럽 사장이 나를 계단까지 배웅했다. 계단을 내려가면 '애너벨'이었다. 두 시간 전 내가 아주 즐거운 기분으로 올라온, 그리고 그로부터 한 시간 뒤 내가 완전히 당황하여 다시 내려갈 뻔했던 계단이었다. 친절한 클럽 사장이 말했다. "당신이 저희 클럽에 와주셔서 기쁩니다. 프랑스 사람들은 게임할 때 대개 냉정을 잃는 경향이 있는데 말입니다." 그래서 나는 스스로 듣기에도 가냘픈 목소리로 대꾸했다. "오, 그것 참 흥미로운 생각이네요! 하지만 게임은 그저 즐기기 위한 것일 뿐이지요, 아닌가요?" 그런 다음 하이힐을 신은 발로 약간 비틀거리며 계단을 내려갔다. 영국인 친구는 내 이야기를 듣고 무척 흥겨워했다. 그러나 에이전트는 이미 인사불성으로 취해 있었고, 우리는 그를 부축하여 호텔로 데려가느라 몹시 애를 먹었다. 일주일 뒤, 파리에서 '패셔너블한' 저녁 식사를 하러 외출한 나는 런던에서 겪은 그 모험 이야기가 그 장면을 지켜본 파리 남자를 통해 이미 파다하게 퍼졌음을 알았다. 사람들은 나에게 비행기 사고의 생존자에게나 보여줄 법한 경의와 맹신적인 외경심을 보여주었다.

　요컨대 이 일화에는 모든 금지된 것의 위험을 조금 더 보여주는 것 말고는 다른 의도나 이해관계가 없다. 그것이 비록 나 자신에게서 유발되었더라도 말이다. 바로 그런 이유로 금지 기간이 끝나기 일주일 전 내가 예전과 같은 어리석은 짓거리들을 다시 시작할 생각임을 담당자에게 알리기 위해 경찰청에 편지를 썼던 것이다(경찰청에서야 전적으로 무관심했겠지만). 결국 도빌이 런던보다는 덜 위험한 것으로, 기니보다 프랑이 덜 음흉한 것으로 판명되었다(어쨌든 나는 멀리서 다시 돌아오고 있었다). 우리는 카지노의 출구에서 한 푼도 따지 못했지만 만족스러워하는 도박사들을 너무나 많이 만난다. 그들은 환한 표정으로 이렇게 말한다. "나 200프랑 잃었어!" 도박을 하지 않는 사람들이 보면 매우 놀랄 일이다. 그것은 그들이 예전에 그보다 더 많이 잃었음을 뜻한다. 그것은 또한 사람들이 왜 늘 도박사들의 마조히즘에 대해 이야기하는지 설명해준다. 그러나 도박사들은 잃는 것을 좋아하지 않는다. 나는 진정한 도박사들에 대해 말하는 거다. 때때로 그들은 게임이 끝날 때 지금껏 게임을 하는 동안 잃었던 것보다 덜 잃은 것에 기뻐한다. 그들은 그것을 기뻐하고 자랑스러워한다. 그들이 그러는 데는 정당한 이유가 있다. 그러니 착각하지 말아야 한다. 도박은 단지 광기만을, 무분별만을, 정신에 존재하는 끔찍하고 용납할 수 없는 악덕만을 요구하지 않으며, 냉정함과 의지 그리고 라틴어 'virtus'가 갖고 있는 의미의 미덕, 즉 용기를 요구하기 때문이다. 당신이 오후 내내, 일주일 내내 연달아 돈을 잃었을 때, 신에게, 행운에게, 자기 자신에게 버림받았다고 생각할 때, 그리고 갑자기 게임이 당신에게 유리한 방향으로 다시 돌아갈 때, 당신은 그것을 믿기 위해, 행운의 여신의 머리카락을 낚아채기 위해, 그것에 매달리고 그것을 활용하기 위해 엄청나게 노력해야 한다. 아주 최근에 나에게 일어난 일을 이야기하겠다. 나는 라망슈(프랑스 바스노르망디 주의 지역 이름—옮긴이)의 카지노에서 열흘 동안 괴로움을 겪으며 서서히 돈을 잃었다. 거기서의 매일은 손실을 만회할 수 있다는 희망과 빚을 즉시 청산할 수 없다는 전적인 불가능성을 나에게 가져다주었다. 십이 일째 되던 날, 두 테이블에서 행운이 한꺼번에 돌아왔다. 나는 과감한 결정을 내렸다. 숫자를 꽉 채워 으뜸패로만, 즉 망크에 여섯 배를 걸어 계속 게임을 했다. 한 번 더 손실을 만회하기 위해서는 또 한 시간이 필요했다(좋은 숫자들이 나온 것도 한 시간뿐이었다). 나는 반은 겁에 질리고 반은 경탄하는 딜러들의 시선을 받으며 카지노에서 나왔다. 나는 300프랑만 잃었고, 기쁨과 자만심의 절정에 다다랐다. 고백건대, 내 희곡들의 성공적인 초연에 참여할 때도 그처럼 의기양양한 적이 없었고, 때때로 내 책들을 극구 찬양하는 평론들을 읽을 때도 그처럼 충만한 자만심을 느껴본 적이 없었다. 그날 저녁 나는 추위에도 불구하고 자동차 덮개를 연 채 도빌에서 옹플뢰르까지 이어지는 길을 따라 친구들과 함께 귀가했다. 친구들은 매우 기뻐해주었다. 살아오면서 가장 달콤한 순간 중 하나였다. 나는 시련의 열흘을 보냈다. 나쁘게 끝날 뻔했지만, 결국 거기서 빠져나왔다. 왼쪽에 보이는 바다는 잿빛이었고, 오른쪽에 보이는 풀들은 짙은 초록빛이었다. 그리고 세상은 온통 내 것이었다. 긴장감 어린 열흘간의 노력 끝에, 300프랑만 잃는 데 성공한 것이다! 얼마나 행복한 일인가! 이런 결론은 물론 우스꽝스럽게 보일 수도 있다. 나도 그것을 잘 안다. 그러나 한 번 더 말하건대 이것은 도박에 관한 이야기이고 오로지 도박을 하는 사람들만을 위해 쓰인 이야기인 것이다.

테네시 윌리엄스

나는 1953년에 『슬픔이여 안녕』을 썼다. 그 책은 1954년에 프랑스에서 출간되어 대소동을 일으켰다. 처음에 나는 그 소동에 대해 아무것도 이해하지 못했고, 오늘날에도 터무니없는 두 가지 이유만을 알고 있을 뿐이다. 사람들은 열일곱 혹은 열여덟 살의 소녀가 사랑하지도 않으면서 자기 또래의 소년과 섹스를 하고 그에 대한 벌도 받지 않는 것을 용납하지 못했다. 그녀가 그 소년과 미친 듯한 사랑에 빠지지도 않았고, 여름이 끝날 무렵 임신도 하지 않았기 때문이다. 한마디로 말해, 그 시대의 소녀가 자신의 몸을 마음대로 하고 거기서 쾌락을 취한다는 것을 사람들은 용납하지 못했다. 그것은 제재를 받아 마땅한 일인데, 소녀는 그렇게 하고 아무런 제재도 받지 않았던 것이다(그런 일은 지금까지도 준엄하게 비난받는다). 또 한 가지 이유는 그 소녀가 자기 아버지의 정사에 대해 알고 있다는 것이었다. 그 대단한 소녀는 아버지와 함께 그것에 대해 이야기하고, 그때까지 부모 자식 간에는 이야기할 수 없는 주제였던 그것에 대해 공모 관계를 형성한다. 나머지 부분에 대해서는 정말이지 비난받을 만한 것이 전혀 없다. 적어도 그때로부터 삼십 년이 지난 현 시대의 관점으로, 거의 냉혹할 정도의 급변을 통해 고찰하면 그렇다. 오늘날 사람들은 나이가 먹었는데도 섹스를 하지 않으면 유별난 일이나 웃음거리로 간주한다. 공모 관계도 마찬가지다. 부모와 자식 양쪽 다 그런 공모 관계를 완전히 거짓으로 간주하며, 그런 공모 관계에서 영원히 분리된다(부모들은 그러기엔 너무 어리다고 자식들을 비난하고, 자식들은 더 이상 젊지 않은데도 젊은 것처럼 행동한다고 부모를 비난한다).

물론, 그때가 축복받은 시대였다고 말할 수는 없다. 그 시대에는 오직 부모만이 자식을 복종시키고 자식의 행동을 판단할 권리가 있었고, 자식은 부모의 사생활에 어떤 권리도 어떤 생각도 어떤 지식도`갖지 못했다. 어쨌든 마흔 살과 스무 살 사이에는 현실적인 세대 차이가 존재했다. 사람들이 악착스럽게 파괴하려고 하는, 그것에 대해 사람들이 뭐라고 말하건 쌍방의 눈으로 볼 때 끔찍하고 기분 나쁜 세대 차이 말이다. 다시 말해, 나는 『슬픔이여 안녕』이 우리 시대에 하나의 순진한 꿈으로 등장했다고, 가족 관계 그리고 젊은이와 기성세대의 성관계에 대한 달콤한 꿈으로 등장했다고 생각한다. 그러니 그것은 대소동을 일으킬 만한 책이 아니다. 그럼에도 불구하고 그 책은 프랑스에서 대소동을 불러일으켰다. 미국에서도 마찬가지로 아주 떠들썩한 소동을 일으켰다.

당시 나는 열아홉 살이었고, 사람들이 나에게 시키는 일을 했다. 사람들은 프랑수아 모리아크(François Mauriac, 1885~1970, 프랑스 문학가·비평가—옮긴이)가 말했고, 이후 찬탄을 받든 멸시를 받든, 거부당하든 혹은 반대로 동일시되든 일종의 기묘한 신화가 되어버린 '매혹적인 작은 악마'를 보여주러 미국에 가라고 나에게 말했다. 그러고는 그 시대의 유명인들이 타고 다녔던 커다란 비행기에 나를 태웠다. 비행기는 흔들리며 밤 속을 날아갔고, 열두 시간 후 나는 대서양을 건넜다. 사람들은 『슬픔이여 안녕』의 저자가 잿빛 머리칼을 가진 노부인도, 쥘리아르 출판사의 영웅적이고 음험한 남자 협력자도 아님을 증명하라며 미국에 가라고 나를 설득했다. 그래서 나는 거기에 갔다. 나는 사람들이 필수불가결한 일이라고 말한 것에 기꺼이 복종했다. 게다가 나는 그 '필수불가결한 일'을 믿었고 한편으로는 그런 내 생각이 틀리지 않았다. 홍보는 책의 판매에 필수불가결했다. 다만 삶에는 '필수불가결한 일'이 여러 가지 있고, 나는 그것을 아직 몰랐다.

나는 〈라 돌체 비타〉(상류사회의 퇴폐적 실상을 파노라마 형식으로 구성한 페데리코 펠리니 감독의 1960년 작 문명비판 영화. 세계의 부호들이 비행기를 타고 로마에 날아와 돈을 뿌려대는 실상을 신문기자 마르첼로가 취재하는 형식이다—옮긴이) 스타일로 미국에 도착했다. 열두어 명의 사진기자들이 케네디 공항—그 시절에는 아이들와일드 공항—에서 나를 기다리고 있었다. 시각은 새벽녘이었고, 나는 갓 스무 살이었다. 군중도 모여 있었다. 그뿐이 아니었다. 한 달 동안 내가 가는 곳마다 군중이 따라다녔다. 내 스케줄은 온순한 도형수의 스케줄처럼 세밀하게 짜여 있었고, 영어 실력은 바칼로레아 점수, 즉 20점 만점에 7~8점에 한정된 탓에 내가 하는 말들은 이른바 상냥하지만 생동감이 없었다. 내가 책들에 사인하면서 적은 'with all my sympathies'라는 말의 뜻을 사람들이 깨닫기까지 보름이 걸렸다. 그 말은 실은 '애도를 담아'라는 뜻이었다. 비슷한 프랑스어 구절처럼 '충심으로'라는 뜻이 아니었다. 나는 영어 단어들을 일 대 일로 프랑스어에 대응시켰던 것이다.

사람들은 사랑, 소녀, 성(性), 그 시대의 새로운 주제 그러나 이미 지루한 주제에 대해 똑같은 질문을 쉰 번씩 해댔다. 나는 또한 칵테일파티, 오찬, 만찬, 심지어 무도회까지 참석해야 했다. 그런 생활에 지쳐 기진맥진해 있던 어느 화창한 날, 작가이자 시

66

인이며 희곡작가인 테네시 윌리엄스의 전보를 받았다. 테네시 윌리엄스라면 끝없이 이어졌던 수많은 인터뷰에서 내가 가장 좋아하는 미국 작가 중 한 명이라고 골백번은 말한 바로 그 사람이었다. 자신을 만나달라고 플로리다의 키웨스트에 있는 자기 집으로 초대하는 내용이었다.

나는 영사관에서의 오찬, 83채널의 텔레비전 방송 출연, 『피싱 리뷰(Fishing Review)』 편집장과의 약속 등 하느님만 아실 모든 약속을 즉시 취소하고 내가 묵고 있던 호텔을 빠져나와 공항으로 달려갔고, 곧장 마이애미(플로리다 반도 남동부, 비스케인 만 연안에 있는 항구도시—옮긴이)로 갔다. 거기서 내 언니와 남자친구와 함께 자동차 한 대를 빌렸다. 그리고 〈키 라르고〉(키 라르고 섬을 무대로 한 존 휴스턴 감독의 1948년 작 갱 영화—옮긴이) 및 다른 추리영화들에 대해 생각하면서 플로리다를, 그 소택지를, 그 늪지대를 가로질렀다. 한 섬에서 다른 섬으로 이어진 다리들을 통해 우리는 키웨스트라는 작은 군(軍) 주둔 도시에 있는 키 웨스터라는 이름의 호텔에 도착했다. 호텔은 근사하지 않았고 오히려 조금 우중충했다. 방 세 개가 우리를 기다리고 있었다. 우리는 거기서 무엇을 하고 있는지 알지 못한 채, 열대의 끔찍한 태양에 적응하면서 조금 어수선하게 그곳에 자리를 잡았다.

여섯 시 삼십 분에 호텔 직원이 테네시 윌리엄스의 내방을 알렸다. 금발에 파랗고 장난스러운 눈을 가진 한 남자가 도착했다는 것이다. 그는 휘트먼의 사망 이후 내 눈에는 가장 위대한 미국 시인이었다. 갈색 머리의 또 다른 남자가 그를 뒤따랐다. 그 남자는 쾌활한 표정을 하고 있었으며, 아마도 미국과 유럽을 통틀어 가장 매력적인 남자 같았다. 남자의 이름은 프랑코였다. 그는 세상에 알려지지 않은 남자였고, 끝내 그런 채로 머물렀다. 그들 뒤에는 키가 크고 마른 여자 한 명이 서 있었다. 반바지 차림에 눈이 물웅덩이처럼 파랬다. 그녀는 정신 나간 듯한 표정으로, 한 손에 나뭇가지 다발을 들고 있었다. 그녀는 당시 내가 생각하기에 미국에서 가장 훌륭하고 가장 감수성 풍부한 소설가였다. 바로 카슨 매컬러스(Carson Smith McCullers, 1917~1967, 미국 소설가—옮긴이)였다. 두 명의 천재, 두 명의 은둔자가 프랑코에게 팔을 맡기고 있었다. 테네시 윌리엄스는 프랑코에게 함께 웃는 것을, 당시 미국의 모든 예술가와 반순응주의자들의 삶이 그랬듯 배척받는 삶, 쓰레기 같은 삶을 함께 견디는 것을 허락하고 있었다.

테네시 윌리엄스는 침대에 여자와 함께 있는 것보다 남자와 함께 있는 것을 더 좋아했다. 카슨의 남편은 얼마 전 반신불수

상태인 그녀를 혼자 버려두고 자살한 참이었다. 프랑코는 남자와 여자를 모두 사랑했지만 테네시를 유독 사랑했다. 그는 또한 병들고 피로에 지치고 기진맥진한 카슨을 상냥하게 돌봐주었다. 세상의 어떤 시(詩)도, 어떤 태양도 그녀의 파란 눈을, 그녀의 무거운 눈꺼풀을, 그녀의 야윈 육체를 다시 일깨울 수는 없었다. 그러나 카슨은 자신의 웃음만은 잃지 않고 간직했다. 영원히 길을 잃은 어린아이의 웃음이었다. 나는 그때 사람들이 멸시하는 태도로 '남색가'라고 불렀던, 그리고 지금은 '게이'라고 부르는(그들이 자신의 사랑 때문에 가장 어리석은 백치에게 멸시당해도 즐거워할 수 있다는 듯이) 그 두 남자를 처음 만났다. 나는 두 남자가 카슨을 정성껏 돌보는 모습을, 그녀를 자리에 누이고, 그녀를 일으켜주고, 그녀에게 옷을 입혀주고, 그녀의 기분을 즐겁게 해주고, 그녀의 몸을 따뜻하게 해주고, 그녀를 사랑하는 모습을 보았다. 다시 말해 그들이 우정, 이해심, 주의력을 총동원하여 지나치게 예민한, 그리고 그것을 견뎌내기 위해, 좀 더 겪어내기 위해 지나치게 많은 것을 보고, 지나치게 많은 것을 뽑아내고, 지나치게 많은 글을 쓴 한 사람에게 봉사하는 모습을 보았다.

카슨은 그로부터 십여 년 후에 죽었고 프랑코도 그 후 얼마 지나지 않아 세상을 떠났다. 테네시는 당시 청교도들에게 가장 미움 받는 작가, 그러나 대중과 평론가들에게는 가장 갈채 받는 작가였다. 그는 희곡 〈욕망이라는 이름의 전차〉, 〈뜨거운 양철 지붕 위의 고양이〉, 〈이구아나의 밤〉 등의 저자였다. 테네시에 대해 말하자면, 지금으로부터 여섯 달 전 그리니치빌리지의 한 건물에 있던 자택의 문들을 사방으로 활짝 열어둔 채 비참하게 죽었다. 나는 웃기를 좋아하고 너무나 큰 소리로 웃었던, 그리고 때때로 너무나 상냥하게 웃었던 그 남자가 어떻게, 왜 그렇게 죽었는지 개인적으로는 전혀 알 수 없다. 짐작건대 아마도 카슨의 죽음, 프랑코의 죽음 그리고 내가 모르는 많은 다른 사람들의 죽음 때문이었을 것이다. 테네시 윌리엄스는 선한 사람이었다. 그는 사르트르처럼, 자코메티처럼, 그리고 내가 잘 몰랐던 다른 몇몇 남자처럼 남을 해롭게 할 줄도 모르고, 남에게 위해를 가하거나 냉혹하게 굴 줄도 모르는 사람이었다. 그는 선하고 용감한 사람이었다. 그가 낮에 많은 사람과 함께 있을 때 선하고 용감한 것은 밤에 젊은 남자들과 함께 있기를 좋아하는 것과 아무런 상관이 없었다.

그 계절, 우리는 인적 없는 키웨스트에서 열정적이고 격렬한 십오 일을 보냈다. 이십오 년 전의 일이다. 아니, 이십오 년도 더

70

되었다. 아침이면 우리는 해변에서 만나곤 했다. 카슨과 테네시는 커다란 유리잔으로 물을 마셔댔다. 그것을 크게 한 모금 마셔보기 전에 나는 그렇게 생각했다. 그러나 한참 후에 내가 직접 마셔보니 물이 아니라 아무것도 섞지 않은 순수한 진이었다. 우리는 수영을 했고, 작은 배들을 빌려 타기도 했다. 큰 물고기들을 낚아보려고 애썼지만 허사였다. 남자들은 술을 여러 잔 마셨고 여자들도 남자들보다는 덜 마셨지만 그렇게 했다. 우리는 고약한 피크닉 음식을 먹었다. 우리는 피곤한 채로 혹은 즐겁거나 슬픈 심정으로 돌아왔다. 그러나 그 고전적인 긴 나들이에서 다 함께 즐거워하거나 슬퍼했다.

믿을 수 없을 만큼 긴 버뮤다팬츠(무릎길이의 품이 좁은 바지—옮긴이)를 입은 카슨의 모습이 눈앞에 떠오른다. 그녀의 팔은 길었고, 짧은 머리칼의 조그만 머리는 한쪽으로 기울어져 있었으며, 두 눈은 너무나 희미한 파란색이었다. 그 두 눈은 그녀를 금세 어린 시절로 되돌리곤 했다. 신문을 읽고 때때로 웃음을 터뜨리던 테네시의 옆모습이 떠오른다. 정치면을 읽으면서 그는 울지 말아야 한다고 말하곤 했다(그때 나는 정치에 별로 관심이 없었다). 나는 해변으로 올라가고, 다시 내려오고, 유리잔을 찾으러 가고, 웃으면서 이 사람 저 사람에게로 뛰어다니는 프랑코의 모습을 보곤 했다. 그는 몸매가 좋은 이탈리아 남자였다. 미남은 아니지만 매력적이고, 활달하고, 재미있고, 선하고, 상상력이 풍부했다.

내 생각에 두 남자는 카슨의 방문과 나의 방문 외에는 던컨 스트리트에 있는 그들의 작은 집에 사람들을 별로 맞아들이지 않는 것 같았다. 그 집에는 방이 두세 개 있었는데, 그중 한 개는 테네시가 서재로 개조하여 사용하고 있었다. 그는 서재에서 몇 시간이고 타이프라이터를 두드려댔다. 안뜰을 지배하는 끔찍한 더위도 의식하지 못하는 듯했다. 정원도 하나 있었다. 영화에 나올 법한 뚱뚱한 흑인 여자가 정원에 물을 뿌리고 있었다. 또한 무슨 일에나 경탄해 마지않으며 아마도 성가신 우리 프랑스인들이 있었다. 우리가 거기에 머무는 것을 너무나 행복해해서, 때때로 그들 세 사람은 우리를 바라보며 웃음 짓곤 했다.

당시 나는 그들 가운데 누구와도 이야기를 그다지 많이 하지 않았다. 특히 우리는 심오한 것에 대해서는 전혀 이야기하지 않았다. 사생활에 대해서도 전혀 이야기하지 않았다. 우리는 각자 느끼는 감정에 대해 별로 이야기하지 않았다. 그러나 나는 언젠가 그것을 후회하리라는 것을 알고 있었다.

　그로부터 이삼 년 후, 나는 테네시를 다시 만났다. 대통령 선거일이었기 때문에 어쩔 수 없이 술을 마시지 않은 상태였다. 우리는 피에르 호텔의 바에서 만났다. 그는 평온한 표정으로 얼음을 넣은 잔 두 개와 레모네이드 한 병을 주문한 뒤, 뒷주머니에서 도수가 센 스카치 병 하나를 꺼냈다. 그러고는 평소의 너그러운 태도로 나에게 스카치를 따라주었다. 그가 최근에 쓴 희곡을 각본으로 한 연극은 성공적으로 진행되고 있었다. 그렇지만 테네시는 그것에 대해 이야기하지 않았다. 그는 슬퍼 보였다. 왜냐하면 카슨이 슬퍼했기 때문이다. 그가 말한 대로, 그가 단호하게 말한 대로 표현하자면 카슨이 얼마 전 '신경질적인 사람들'을 돌봐주는 병원에 잠시 입원해야 했기 때문이다. 카슨은 소위 건강한 상태로 퇴원했으나, 암으로 죽어가는 그녀의 어머니 곁에, 그녀가 어린 시절을 보낸 커다란 집에 머물고 있었다. 그녀는 내가 뉴욕에 와 있다는 것을 알고 기뻐했고, 테네시는 다음 날 자동차를 타고 함께 그녀를 보러 가자고 약속했다.

　그리하여 우리는, 프랑코와 테네시와 나 이렇게 세 사람은 함께 출발했다. 황금빛으로 반짝이는 어느 가을날, 뉴욕의 인디언 서머(북아메리카에서 한가을과 늦가을 사이에 비정상적으로 따뜻한 날이 계속되는 기간—옮긴이) 중 하루였다. 당시 테네시가 소유하고 있던, 오래되고 작고 흔들리는 MG(Morris Garages, 영국의 소형 스포츠카 브랜드—옮긴이) 컨버터블 자동차를 타고 우리는 코네티컷 혹은 뉴저지의 일부, 나는 잘 모르지만 어쨌든 붉은 나무들이 서 있는 아름답고 숭고한 장소를 가로질렀다. 거기서, 그 모든 아름다움 한가운데서 한 가지가 우리의 뺨을 후려쳤다. 어느 클럽 정면에 커다란 글씨로 "유대인과 개 출입 금지"라고 쓰여 있었던 것이다. 우리는 뉴욕에서 불과 20킬로미터 떨어져 있었고, 나에게 그것은 미친 일로 보였다. 잠시 침묵이 흐른 뒤, 프랑코가 이탈리아 노래들을 목청껏 부르기 시작했다. 우리는 그렇게 노래를 부르며 프랑스가 차츰 발견하고 있던,『마음은 외로운 사냥꾼』,『금빛 눈에 비친 것』등 모든 걸작의 저자인 카슨 매컬러스의 집 앞에 도착했다. 주랑과 계단이 세 개 있고 더위 때문에 문들을 열어놓은 오래된 집이었다. 소파에 백발의 노부인이 앉아 있었다. 노부인은 고통에 혹은 내가 모르는 어떤 것에 사로잡혀 있었다. 그것이 우리 눈에 노부인을 색다르게 보이도록, 거의 거만하게 보이도록 만들었다. 그리고 카슨이 있었다. 카슨은 밤색 실내복을 아무렇게나 걸치고 있었다. 그녀는 더 야위었고, 더 창백했으며, 여전히 경이로운 두 눈과 어린아이의 웃음을 갖고 있었다.

우리는 술병들을 따기 시작했다. 카슨의 어머니는 마지못해 응하는 척하면서 술을 맛보았다. 우리는 많이 마셨다. 자동차를 타고 다시 돌아가는 길은 날씨가 정말이지 추웠다. 돌아가는 길은 우울했다. 우리가 그 은하계를 향해, 그 거대한 도시를 향해 가고 있음에도 불구하고. 그곳의 주민들은 그들 두 사람의 이름을 알고 있었지만 그들의 존재에 대해서는 아무도 몰랐다. 불행하게도 한 달이 아니라 일주일 후에 카슨이 신경질적인 사람들을 돌봐주는 곳으로 다시 돌아가야 하는 일이 발생했다. 테네시도 심지어 프랑코조차도 더 이상 미소를 짓지 못했다…….

*

일 년 뒤, 나는 미국인들이 이탈리아인들을 초대하여 대접하기를 좋아하는 로마의 한 칵테일파티장에서 테네시와 프랑코를 우연히 만나 매우 큰 기쁨을 느꼈다. 포크너(William Faulkner, 1897~1962, 미국의 소설가. 미국 남부사회의 변천을 연대기적으로 묘사했다. 『우화』, 『자동차 도둑』, 『압살롬, 압살롬』 등의 작품을 남겼다—옮긴이)도 그곳에 있었는데, 그는 완강하게 그곳에 머물러 있으려는 표정과 그곳에 전혀 관심이 없는 듯한 표정을 동시에 짓고 있는 무척 아름다운 금발 아가씨의 환심을 사기 위해 서둘러 그곳을 떠났다. 우리는 우리와 함께 저녁 식사를 하던 안나 마냐니(Anna

Magnani, 1908~1973, 이탈리아의 여배우. 강렬한 연기가 특징이며 투박한 하류계급 여인 역할에 특히 탁월했다. 〈무방비 도시〉, 〈장미 문신〉 등의 영화에 출연했다—옮긴이)를 만나러 가려고 그곳을 빠져나왔다. '라 마냐니'는 남자들, 수컷들의 뒤꽁무니를 맹렬하게 따라다녔다. 그녀의 애인 중 한 명이 전날 그녀에게 내가 잘 알지 못하는 못된 짓을 했고, 그 때문에 그녀는 노여움을 가라앉히지 못하고 있었다. 그녀는 그날 밤에도 노여움을 가라앉히지 못했다. 수많은 농담도, 프랑코의 미친 듯한 웃음도, 나와 테네시의 웃음도 그녀를 진정시키지 못했다. 심지어 그녀는 창녀인 프랑코의 여자친구가 우리를 소리쳐 불렀을 때도, 즐거우면서도 애원하는 듯한 목소리로 "Et quando, Franco, quando, quando?(그런데 언제 만나줄 거예요, 프랑코, 언제, 언제?)"라고 그를 소리쳐 불렀을 때도 웃지 않았다. 프랑코가 자전거 탄 사람 몇 명과 버스 한 대를 피하기 위해 기운차게 클러치를 조작하며 말했다. "곧, 곧 내 사랑. 곧 내가 갈게." 그는 한 손을 들어 올리고는 그 아가씨에게 미소를 지었다. 아가씨도 그에게 미소로 답했다. 뒷좌석에 앉아 있던 테네시도 콧수염 밑으로 미소를 지었다. 마치 다 자란 악동 아들이 아가씨와 어리석은 짓거리를 하는 것을 바라보는 아버지처럼. 테네시와 프랑코 사이에는 애정이, 엄청난 애정이 존재했다.

꽤 많은 시간이 흐른 뒤 내가 뉴욕을 다시 방문한 어느 날 저녁, 지식인들이 모인 어느 파티에서 테네시의 그림자와 마주쳤다. 무모하게도 운명이 나를 한 번 더 거기로 인도했던 것이다. 나는 그 자신의 그림자인 테네시를 보았다. 테네시는 머리칼이 잿빛이 되었고, 야위고 창백해져 있었다. 눈은 더 이상 파랗지 않았고, 콧수염도 금빛이 아니었으며, 웃음소리도 예전처럼 낭랑하게 울려 퍼지지 않았다. 그는 절망적인 태도로, 심지어 원망어린 몸짓으로 나를 포옹했다. 나는 아무것도 알아차리지 못했다. 나중에 누군가가 친절하게도 그에게 프랑코에 대해 이야기해서는 안 된다고 내게 말해줬을 때까지는 말이다. 왜냐하면 그것은 '정말이지 너무나 어리석은 이야기'였기 때문이다! 테네시는 프랑코와 말다툼을 했고, 여섯 달 전에 인도인지 어디로 훌쩍 떠나버렸다. 테네시는 감정적으로 강해지기 위해, 혹은 관심을 끌기 위해, 혹은 아마도 두 사람이 과도하게 서로 집착했기 때문에 프랑코 없이 여섯 달을 지냈다. 마침내 운명이 테네시를 인도했고, 우편제도가 원활하지 않은 괴상한 나라들에서 돌아온 그는 프랑코가 죽어가고 있음을 알았다. 프랑코는 석 달 전부터 테네시와의 사이가 완전히 틀어졌다고 믿으며 테네시가 돌아오기만을 기다리고 있었다. 이후 테네시의 모든 것이 망가져버렸다. 테네시는 더 이상 웃지 않았다. 그가 바의 한구석에서 내 손을 잡았다. 습관에 의해 혹은 내 손바닥에 남아 있는 희미한 추억에 의해 우정이 느껴지기는 했지만, 그의 손엔 생기가 없었다. 나는 다시는 테네시를 보지 못하리라 생각하며 그 자리를 떠났다. 왜냐하면 그가 선글라스와 자격증 그리고 턱수염으로 무장한 두 명의 덩치 큰 남자와 동행하고 있었기 때문이다. 그들은 테네시의 뒤를 조심스럽게 따라다니며 그의 말을 주의 깊게 듣고, 그에게 마실 것과 먹을 것, 특히 알약 따위를 건네주었다. 그들은 절망으로부터 사람을 보호해주는 우수한 전문가들이라기보다는 마피아들을 연상시켰다.

*

　그로부터 십이 년이라는 시간이 지났다. 그보다 더 많은 시간이 지났을 수도, 더 조금 지났을 수도 있다. '아틀리에' 극장을 운영하던, 그리고 사람들이 말하는 대로라면 '소굴'을 갖고 있던 앙드레 바르자크(André Barsacq, 1909~1973, 프랑스의 극작가·연출가·제작자—옮긴이)가 누구의 작품이라도 좋으니 다음 연극 시즌이 시작될 때 올릴 희곡 한 편을 각색해달라고 나에게 부탁했다. 앙드레 바르자크는 실패, 성공, 실패, 그리고 다시 성공을 반복함으로써 큰 반향을 불러일으킨 사람이고, 나는 그를 몹시 좋아했다. 따라서 내가 꿈을 꾸게 한 유일한 작가이며, 알비옹(영국의 옛 이름—옮긴이) 언어를 가르치는 학교도 선생님도 없이 수년을 보낸 탓에 더듬거리는 영어를 구사함에도 불구하고 그런 나를 격려해주었던 테네시 윌리엄스에 대해 앙드레 바르자크에게 즉시 이야기했다. 우리는 테네시에 대한 자료, 서류, 연극 상연 날짜 등을 의논했고, 〈Sweet Bird of Youth〉, 즉 〈청춘의 달콤한 새〉로 낙착을 보았다. 그 작품은 이미 뉴욕에서 상연되어 상당한 성공을 거두었으며, 폴 뉴먼과 제럴딘 페이지 주연의 영화로도 제작되었다. 물론 프랑스어 번역본은 없었다. 있다 하더라도 테네시의 마음에 들지 않았다. 내가 달려들어야 했다. 나는 5월과 6월 사이에 그 희곡의 번역을 시작했다. 영어를 유창하게 하는 사람의 도움을 받으며 평생 한 번도 그래 본 적이 없을 정도로 열심히 일했다. 다시 말해, 각각의 표현에 몹시 애를 쓰고 열중하며 쉬지 않고 일했다. 때로는 화가 나기도 했고, 테네시의 서정 속으로, 생경하면서도 아름다운, 매우 생경하면서도 매우 아름다운 텍스트 속으로 들어가도록 허락해주는 단계를 거치면서 부끄러움이나 커다란 기쁨에 사로잡히기도 했다. 거기에는 애정 어린 행동과 상처가 있었고, 이따금 유일한 남자의 목소리에 의해, 유일한 대사에 의해 사나운 개들이 해방되었다. 그리고 이따금 여자의 부드러운 대사들을 통해 사마귀의 잔인함이 표현되었다. 살인이 있었고, 도시가 있었으며, 되살아나는 청춘 시절과 유년기의 추억이 있었다. 그리고 여자는 거기에, 자신의 유년기에서 너무나 멀리 떨어진 곳의 간이무대에 서게 된다. 3프랑짜리 지골로인 한 남자는 루이뷔통 여행가방에 칵테일 셰이커와 우스꽝스러운 약병들, 산소마스크, 얼굴에 바르는 크림이나 연고들을 넣어 가지고 다닌다. 때때로 기분이 좋으면 그는 침대 속으로 미끄러져 들어가고, 거기서는 그녀가 그를 기다리고 있다. 단 하룻밤이라도 그의 청춘을 빼앗아 자기 것으로 삼을 것처럼. 그런 뒤 두 사람은 매우 부조리하고 매우 상처를 주는, 때로는 매우 고귀한 대화를 주고받는 것이다.

그 여름은 내내 더웠고, 나도 모르는 사이에 내가 일하고 있음을 문득문득 깨닫곤 했다. 나는 스무 번씩, 서른 번씩 같은 문장으로 되돌아갔다. 한편으로 생각하면 잘못된 일이지만, 내 희곡 중 어떤 것을 쓸 때도 결코 하지 않은 일이었다. 나는 그 텍스트를 제때에 넘겼고, 우리는 매혹적인 재간을 가진 에드비주 푀이예르(Edwige Feuillère, 1907∼1998, 프랑스의 연극배우·영화배우. 〈토파즈〉, 〈이민자〉, 〈두 개의 머리를 가진 독수리〉 등의 영화에 출연했다—옮긴이)와 함께 자크 뒤퐁의 멋진 무대장식 속에서 연극을 연습했다. 당연히 우리는 모험이 시작되자마자 테네시에게 알려주었다. 초연 사흘 전, "내가 갑니다"라는 내용의 전보 한 통을 받고 나는 깜짝 놀랐다. 테네시가 묵고 있는 호텔로 즉시 달려갔다. 호텔은 호화로웠고, 그 사실이 나를 놀라게 했다. 왜냐하면 당시 그가 재정적으로 어려움에 처해 있다는 걸 잘 알고 있었기 때문이다. 그리고 미국은 프랑스인인 나에게는 터무니없게 느껴지는 이상한 이유로 그를 무시했다. 미국인들은 테네시를 한때 이야기를 만들어낼 줄 알았던 사람, 모호한 희곡을 훌륭한 배우들에게 공연시키는 행운을 누렸던 사람쯤으로 간주하는 듯했다. 마침표. 한마디로 말해 그는 꽤나 비참한 상태에 처해 있었다. 그는 저축을 하는 사람이 아니었다. 뉴욕에서의 마지막 만남 때 마천루에서 언뜻 보았던, 은밀하고 말이 없었던 그 그림자를 생각하자, 나는 그의 난처한 상황에, 너무나 멀리서 온 내 친구 테네시를 다시 만난다는 생각에 염려가 되고 눈물이 맺혔다. 정말이지 나는 모든 것을, 이미 상처받은 사람에게 또 닥칠 수 있는 모든 것을 예견했다. 연극이 실패하여 사람들이 휘파람을 불어댈 수도 있고, 배우가 연기를 잘하지 못할 수도 있고, 내 번역이 테네시에게 형편없게 여겨질 수도 있었다. 그런 것은 연약하고 깨지기 쉬운 기질을 가진 그에게 마지막 충격이 되리라. 그런 생각을 하던 나는 그러나 오래전 키웨스트에서 처음 보았던 테네시를 꼭 닮은 테네시와 맞닥뜨렸다. 콧수염이 있고, 두 눈이 파랗고, 커다랗게 웃음을 터뜨리는 바로 그 테네시 말이다. 영국 상류사회 출신의 무슨 백작 부인이라는 여자가 마음씨 좋은 보모처럼 그를 따라다니고 있었다. 그녀는 테네시에게, 그의 재능에, 그의 인간적 매력에 반해 있었다. 나는 마치 폰 메크 부인

(Nadejda von Meck, 1831~1894, 음악가 차이콥스키의 후원자. 러시아 광산 재벌의 미망인이었으며 1876년 우연히 만난 차이콥스키에게서 천재성을 느끼고 십사 년 동안 막대한 금액을 후원했다. 두 사람은 첫 만남 이후로 한번도 만나지 않았으며 오직 편지와 음악만으로 의사소통을 했다─옮긴이) 이 차이콥스키에게 그랬던 것과 비슷하다고 생각했다. 폰 메크 부인과 차이점이 있다면 그녀는 테네시 곁을 한 발자국도 떠나지 않는다는 사실이었다. 테네시는 자신을 매우 아끼는 그 여자 친구의 입장에 대해 이야기하며 많이 웃었다. "매우 아끼죠. 하지만 당신도 보다시피 지나치게 아끼지는 않아요." 그는 말했다. 과거에 그는 언제나 많은 것을 유쾌하게 나눠주었고, 진심으로 말하건대 그와 내가 함께 식탁에 앉았을 때에만 자신의 역전된 상황이 웃음을 유발한다는 사실에 때로 놀라는 듯했다. 1막이 진행되는 동안 우리는 칸막이 좌석에 숨어 있었다. 테네시는 두 눈을 크게 뜬 채 내 옆에 앉아 있었다. 처음에 그는 연극을 주의 깊게 지켜보았다. 그러나 얼마 되지 않아 너무나 큰 소리로 웃기 시작했다. 그러는 바람에 아마도 재미있을 것으로 추측되는 대사들이 잘 들리지 않아 사람들이 뒤를 돌아보며 누가 그러는지 알아내려고 했다. 나는 좌석에 웅크리고 있었다. 테네시가 하도 미친 사람처럼 웃어대서 나는 그에게 몸을 숙이고 "제발 그만해요. 그렇게 우습지도 않은데!"라고 말했다. 그러자 그는 대꾸했다. "오, 아니야. 우스워! 당신은 저것이 얼마나 우스운지

전혀 이해하지 못하고 있어요! 저 시절 나는 정말이지 너무나 우스웠어요!" 그는 미친 사람처럼 계속 웃어댔다. 보다 못한 여직원들이 와서 그에게 조용히 좀 해달라고 부탁했다. 그러나 우리가 연극의 저자와 번역자라는 사실을 알게 된 여직원들은, 한 발짝도 떨어지지 않고 붙어 다니는 저자와 번역자는 일반적으로 떠내려가려는 대형 여객선의 트랩과도 같은 극장 조명실 주변을 침울한 표정으로 서성거리게 마련이라는 연극계의 원칙을 이해할 수 없어하며 물러가 버렸다. 중간 휴식 시간에 우리는 밖으로 나갔다. 모든 파리 사람이 극장 로비에 있었다. 물론 테네시는 그 모든 파리 사람에게 방심한 눈길을 던지고는 그곳을 빠져나가 극장 밖 아베스 거리로 급히 걸어갔다. 그곳은 사람들이 익히 알고 있는 바와 같이 인적이 드문 거리였다. 다시 말해 남자들의, 냉혹하거나 온화한 남자들의 거리였다. 여자들은 클리시 구역에 있는 그 거리를 밤에 거닐거나 그 소굴에 코를 들이밀어 봐야 이로울 것이 전혀 없었다. 그럼에도 불구하고 나는 용감한 세 남자와 함께 그곳으로 향했다. 테네시를 찾아내 극장의 관객들에게 소개해야 했기 때문이다. 우리는 매우 을씨년스러운 어느 선술집 깊숙한 곳에서 마침내 그를 발견했다. 그는 방울새처럼 쾌활했고, 하느님만 아실 일이지만 마늘을 먹고 있었다. 그것이 얼마나 서민적인 냄새를 풍기는지 모른다. 한순간 나는 호화로운 호텔의 스위트룸에서 이루어지는 촛불을 밝힌 우아한 영국식 식사를 상상했다. 그다음 이야기는 생략하겠다.

관객은 힘차게 박수를 보냈고, 우리는 테네시를 소개했다. 사실 테네시는 그것을 원하지 않았다. 억지로 무대에 오른 그는 스스로 박수를 쳤고, 그것이 사람들을 웃게 만들고 박수 소리를 배가시켰다. 어쨌든 우리는 기쁜 마음으로 극장을 나왔다. 몇 사람은 백작 부인의 롤스로이스를 타고, 다른 사람들은 각자의 자동차를 탄 채 내가 이름을 잊어버린 예의 호텔 스위트룸으로 갔다. 거기서 테네시는 내게 'the dearest girl'이라고, 내 번역이 근사했다고 말하면서 한구석에 아껴둔 좋은 빵처럼 나를 포옹했다. 그의 프랑스어 실력이 별로 훌륭하지 않았음에도 불구하고, 그는 많은 것을 무척 좋아해주었다. 나 역시 그것을 이해했다는 사실에 만족스러워했다. 그는 그 모든 것을 매우 빠르게, 서로의 작품에 대해 이야기하는 작가들이 기꺼이 채택하는 분명치 않은 어조로 말했다. "요컨대, 당신은 내 번역에 배신당했다고 느끼지는 않았다는 거죠?" 내가 물었다. 이 모험의 시작부터 나를 따라다니던 유일한 질문이었다. "아니, 달링, 나는 사랑받았다고 느껴요. 누구보다 당신이 그걸 잘 알잖아요. 내가 사랑받았다는 것을." 그는 한 번 더 나를 포옹한 뒤 자신의 눈앞과 영국 백작 부인의 눈 뒤를 지나가는 술잔을 향해 급히 달려갔다.

✱

내가 테네시를 본 것은 그것이 마지막이었다. 나중에 나는 칸 영화제에서 그가 저지른 분별없는 행동을, 그가 그 자본주의적 '기적의 정원'에 회장으로 등장하기를 끝끝내 거부했음을 알게 되었다. 나는 많이 웃었다. 하지만 충분히 웃지는 못했다. 해롭게도 몇 년 뒤 내가 테네시를 계승하고 그와 거의 똑같은 느낌을 받게 된 이상 말이다(그것은 한편으로 보면 지엽적인 사항일 뿐이었다). 테네시는 파란 눈에 금빛 콧수염을 기른, 볕에 그을린 피부를 한 금발 남자였다. 그는 카슨 매컬러스를 팔로 안아 올려 그녀의 방으로 가서 커다란 베개 위에 어린아이처럼 뉘어주었다. 그리고 카슨의 침대 옆에 앉아 그녀가 잠들 때까지 그녀의 손을 잡아주었다. 그녀가 자주 악몽을 꾸었기 때문이다. 혹은 그는 잿빛 머리칼의 점잖지 못한 테네시, 프랑코의 부재로 정신이 나간 테네시였다. 혹은 친절하게도 너무나 멀리서 와주었고, 우리의 공연이 아마도 그에게는 아마추어의 익살극에 지나지 않았겠지만 배려심을 발휘해서 그 반대라고 말해주는 용기를 가진 테네시였다. 어쨌거나 나는 그 똑같은 시선을, 똑같은 힘을, 똑같은 상냥함을, 똑같은 상처받기 쉬운 기질을 언제나 그리워한다. "나는 당신이 나를 사랑한다는 것을 느꼈어요, 달링. 당신이 내 희곡을 사랑했다는 것을 나는 알아요, 달링." 그리고 나는, 나는 당신이 어떻게 죽었는지 몰라요, 내 가여운 시인이여. 전에 혹은 후에 또는 그 이후에 뉴욕에서 사람들이 당신에게 어떤 환멸을 안겨주었는지 나는 몰라요. 그래서 당신은 그런 기묘한 죽음을, 이른 아침에 집의 문들을 모두 열어둔 채 생을 마감하는 그런 죽음을 바라게 되었나요. 당신 스스로 그런 죽음을 유발했나요. 혹은 그저 며칠을 보내기 위해 플로리다의 집으로 출발하려고 평온하게 생각한 건가요. 당신의 바다, 당신의 해변, 당신의 검은 밤, 당신의 친구들, 당신의 종이―그 하얀 종이의 비극―, 당신이 오후에 술병을 옆에 놓고 혹은 술병 없이 앉아 있던 그 방, 그런 다음 날씬하고, 젊고, 홀가분하고, 당당한 시인으로서 나가곤 했던 그 방으로 말이에요. 시인이여, 나는 당신이 그리워요. 이 그리움이 이후로도 오랫동안 지속될까 봐 나는 두려워요.

스피드

그것(스피드를 뜻함―옮긴이)은 길을 따라 서 있는 플라타너스들을 편편하게 한다. 그것은 밤에 빛을 발하는 주유소 간판들을 길게 잡아 늘이고 일그러뜨린다. 그것은 갑자기 솟아올라 말문을 막히게 하는 끼익거리는 타이어 소리를 틀어막고, 슬픔을 흩뜨려버린다. 우리가 사랑에 미친다 하더라도 소용이 없다. 결국 우리는 시속 200킬로미터에 다다른다. 심장 높이에서 피는 더 이상 응고하지 않고, 당신의 손끝, 발끝, 눈꺼풀 끝까지 분출한다. 그런 다음에 당신의 목숨을 지키는 치명적이고 냉엄한 보초가 된다. 그것은 당신을 생존 쪽으로 끌어당기는 육체처럼, 신경처럼, 감각처럼 무모하다. '타인'의 생명 없이는 자신의 생명이 무익하다고 믿어본 적이 없는 사람, 그와 동시에 지나치게 민감하고 지나치게 숨 가쁘게 액셀러레이터에 발을 올려놓아 본 적이 없는 사람, 자신의 온몸이 경계하는 것을 느껴본 적이 없는 사람, 오른손은 변속 기어를 가볍게 틀어쥐고 왼손은 핸들에 올려놓은 채 가식적으로 긴장을 풀고 두 다리를 쭉 뻗어 클러치와 브레이크의 돌발 상황에 준비를 해본 적이 없는 사람, 생존과 직결된 모든 시도에 몸을 맡긴 채 가까이 있는 죽음의 위엄 있고 매혹적인 침묵을 느껴본 적이 없는 사람, 거부와 도발의 이러한 뒤섞임을 느껴본 적이 없는 사람은 결코 스피드를 사랑해본 적도 삶을 사랑해본 적도 없는 사람이다. 혹은 아마도 그 누구도 사랑해본 적이 없는 사람일 것이다.

우선 겉으로 보이는 외관부터 말해보자. 졸고 있고 조용해 보이는, 쇠로 된 그 동물이 있다. 사람들은 황홀한 마음으로 키를 꽂고 돌려 그 동물을 깨운다. 그러면 그 동물은 헛기침을 한다. 사람들은 잠에서 너무 빨리 깨어난 친구에게 하듯 그 동물이 새 날을 맞아 숨과 목청과 의식을 가다듬도록 기다려준다. 우리는 그 동물이 도시와 그곳의 도로들을, 시골과 그곳의 길들을 공격하도록 천천히 밀어댄다. 엔진이 작동하면서 차츰 그 동물의 피부가 더워지고, 그 동물은 우리와 함께 보는 주변 모습에, 제방 혹은 들판, 어쨌든 자신이 기대 이상의 능력을 발휘할 수 있을 만한 반들반들하고 잘 미끄러지고 매끄러운 지표면에 천천히 흥분한다. 오른쪽에서 혹은 왼쪽에서 자동차들이 가볍게 스쳐 지나가고, 바로 앞에서는 독선적인 다른 자동차가 꾸물거리는 바람에 그 자리에서 제자리걸음을 하기도 한다. 그러다가 동일한 반사운동, 즉 왼발을 꾹 누르고 손목을 들어 올리는 동작을 하면,

가벼운 도약과 함께 자동차는 돌진하여 앞차를 추월한다. 쇠로 된 그 상자는 자기 페이스로 돌아와 평화롭게 부르릉거리면서 비탈을 미끄러지고, 자신이 혼잡하게 만들기를 원치 않는 거대한 정맥망 같은 장소들을 지나 도시의 대동맥인 간선도로로 스며든다. 혹은 그 상자는 아침에 시골길을 달리면서, 때때로 한쪽에 있는 낭떠러지의 위협을 받으면서, 길게 이어지는 안개 속으로, 장밋빛 들판과 나무 그늘의 장벽 속으로 들어간다. 자동차가 다시 한 번 제자리걸음을 한다. 그리하여 다시 한 번 왼발을 꾹 누르고 오른손을 들어 올리면 이내 즐거운 도약이 이어진다. 자동차는 이 가벼운 도발에 투덜거리면서 고요한 평원으로 나서고 마침내 부르릉거림을 되찾는다. 귀 그리고 몸과 미묘하게 조화를 이루는 소음, 흔들림이 사라지는 것, 브레이크에 대한 항구적인 경멸, 이 모든 것이 자동차 자신을 조직한다. 일단 하나의 눈이 되어야 한다. 쇠로 된 짐승을 모는 사람의 눈 말이다. 쇠로 된 짐승은 섬세하고, 신경질적이고, 편안하고, 때로는 치명적이다. 그러므로 주의 깊고, 자신감 있고, 경계심을 늦추지 않고, 집중력 있고, 유연한 눈이 되어야 한다. 마지막 노력으로써 영원히 사라져버린 다른 자동차를 찾아내기 위한 것이 아니라, 반대로 그 자동차를 피하기 위한 확고하고 재빠른 눈 말이다.

밤, 그것은 지뢰밭에서 커브를 돈 뒤 급히 달려간다. 예상치 못한 위험이 도사리고 있는 지뢰밭, 인공조명, 눈부신 노란 무지개. 우리의 헤드라이트가 그 모든 덫처럼 발견한 도랑들 앞에는 넓은 가짜 출구들이 있다. 우리의 요오드 라이트 앞에는 지면으로부터의 도피가 있다. 그리고 우리는, 모든 인간 존재는 미지의 공모 관계와 마주한다. 그것은 우리와 마주치고 우리를 후려친다. 우리 사이에 불어오는 질식할 듯한 바람이 한껏 세차게 우리를 후려치듯이 말이다. 모든 익명의 운전자는, 그 모든 적은 우리에게 흙탕물을 튀기고, 우리를 지치게 하고, 은밀하고 기만적인 달빛이 비치는 아스팔트가 깔린 궁지에 우리를 내동댕이친다. 때때로 오른쪽으로는 길가의 나무들을 향해, 왼쪽으로는 방열구를 향해 어마어마한 인력(引力)이 느껴진다. 그들의 난폭한 불빛을 피하기 위해 무엇이든 해도 좋다는 생각이 들 정도로.

그리고 자신의 반사 신경 덕분에 살아남은 자들이, 고속도로의 모험가들이 몸을 피하는 콘크리트 휴게소가 있다. 소다수와 잔돈이 오가는 휴식. 그곳에서의 휴식, 그곳에서의 침묵, 그곳에서의 블랙커피. 오세르(파리 남쪽 170km 지점, 욘 강 연안에 있는 도시─옮긴이)에서 그 많은 트럭이 흥분하며 내달렸을 때 우리가 마지막이 될 수도 있다고 생각했던 그 커피. 그곳 오세르에서, 우박을 동반한 소나기 밑에서 그리고 빙판 위에서 우리는 더 이상 아무것도 볼 수 없었다. 셀 수 없이 많고 겸손한 고속도로의 모든 영웅은 죽음을 가까스로 모면하는 데 너무나 익숙해 죽음에 대해 이야기할 생각조차 하지 못한다. 그들은 그저 두 눈을 깜박거리며 불빛 속을 달려갈 뿐이다. 그리고 다음과 같은 가정을 한다. '저 사람이 지금 추월할까? 내가 빠져나갈 시간이 아직 있을까?' 두 손이 차가워지고, 때로는 심장이 멈춘다! 우리는 밤마다 고속도로에서 그리고 카페테리아에서 피곤하지만 굽히지 않는, 신중하고 바쁘고 조용한 그 모든 영웅을 만난다. 그들은 무엇보다도 리옹(프랑스 남동부 론알프 주에 있는 도시—옮긴이)과 발랑스(론알프 주에 있는 도시—옮긴이) 사이에 혹은 파리와 루앙(프랑스 북부 오트노르망디 주에 있는 도시—옮긴이) 사이에 아직 100킬로미터가 남아 있다는 것을, 또한 너무나 많던 주차장과 주유소가 망트(프랑스 중북부 일드프랑스 주에 있는 도시—옮긴이)나 샬롱(론알프 주에 있는 도시—옮긴이)을 지나면 더 이상 없다는 것을 염두에 둔다. 그래서 사람들은 그 기항지들로 피난하고, 오 분 동안 게임을 포기한다. 그들은 주유소 간판의 그늘에서 상해를 입지 않은 채 구조된다. 그들은 자신들의 후속 차량이 혹은 자신들이 앞질러온 차량이 가미카제처럼 빠르게 질주하는 것을 본다. 그리하여 그들은 한숨 돌린 뒤 그 임시 피난처에, 말 그대로 일시적인 피난처에 자리를 잡는다. 그들 앞 혹은 뒤의 검은 괴물들에 대해, 그 괴물들이 발하는 난폭하고 강렬한, 예리하고 정신을 혼미하게 하는 불빛들에 갑자기 두려운 마음이 든다 할지라도 그들은 곧 그곳을 떠나야 한다. 그들은 자신들에게 그리고 자신들의 기계에 남아 있는 감정을 다잡는다. 기계는 신음을 토해낸 뒤 부르릉거리면서 우리를 자기 마음대로, 우리 마음대로 데려간다. 그리하여 우리는 우리의 좌석에, 비닐이나 가죽으로 된 혹은 담배 냄새가 나는 좌석에 앉게 되고, 살아 있는 따뜻한 손으로 나무나 베이클라이트(합성수지의 일종―옮긴이)로 된 차가운 핸들을 만지면서 그 자동차가 우리를 거기까지 이끌어왔고 이제 우리를 다른 곳으로 이끌어가려 한다는 것을 알게 된다. 그리하여 우리는 알게 된다. 우리의 자동차가 단순한 운송 수단에 그치는 것이 아니라, 가공할 힘을 가진 도구, 우리의 운명을 좌지우지할 수 있는 도구, 우리를 죽게 할 수도 구원할 수도 있는 도구라는 것을. 그것이 '히폴리토스(그리스 신화에 나오는 인물. 아테네의 왕 테세우스와 아마존의 여왕 히폴리테 사이에서 태어난 아들로, 트로이젠의 해변에서 전차를 타고 질주하다가 해신이 보낸 괴수에 놀라 말이 날뛰는 바람에 전차에서 떨어져 목숨을 잃었다―옮긴이)의 전차'라는 것을, 공장의 컨베이어 벨트에서 만들어지는 수많은 제품 가운데 하나가 아니라는 것을.

 사람들이 흔히 생각하는 것과 달리, 스피드의 템포는 음악의 템포와 대응하지 않는다. 시속 200킬로미터에 대응하는 것은 교향곡의 알레그로, 비바체 혹은 푸리오소가 아니라, 느리고 장엄한, 일정한 속도를 초월했을 때 다다르게 되는 일종의 평원인 안단테이다. 그 평원에 다다르면 자동차는 더 이상 몸부림치지 않고, 더 이상 속도를 높이지도 않는다. 반대로 자동차는 운전자의 육체와 함께 각성되고 주의 깊은 현기증에 몸을 내맡긴다. 우리는 그런 상태를 흔히 '도취시킨다'라고 부른다. 그런 일은 밤에 후미진 길을 지나갈 때 혹은 낮에 인적 없는 지역을 지나갈 때 일어난다. 그런 일은 '~금지' '~의무 착용' '사회보험' '병원' '죽음' 같은 표현이 더 이상 문제가 되지 않는 순간에, 그 표현이 단순한 단어로만 취급되는 순간에 일어난다. 모든 시대의 사람들이 '스피드'라는 단어를 사용했다. 은빛의 매우 빠른 자동차 혹은 밤색 말에 대하여 말이다. 자기 안의 무언가가 자기 밖의 무언가를 초월하는 그 '스피드'의 순간, 그 기계에서, 아니 야성을 되찾은 맹수에게서 제어되지 않는 난폭함이 분출하여, 지성과 감수성, 능란함, 심지어는 관능조차 그것을 막기에 충분치 않다. 그리하여 우리는 치명적인 쾌락이 될 수 있다는 것을 알면서도 '스피드'를 쾌락으로 삼지 않을 수 없다. 우리가 사는 이 시대처럼 추악한 시대에는 위험, 뜻밖의 사건, 무분별함이 숫자, 적자, 혹은 계산에 직면하여 끊임없이 거부당한다. 이 시대는 비참한 시대이다. 사람의 영혼에 깃든 계산할 수 없는 가치가 아니라, 사람의 몸뚱어리에 매겨진 가치 때문에 자신의 생명을 함부로 하지 못하도록 금하고 있으니 말이다.

    사실, 자동차는 자신의 조마사이자 노예에게 마침내 자유로워졌다는, 어머니의 품으로 돌아왔다는, 낯선 모든 시선에서 벗어났다는, 아득히 먼 본래의 고독으로 돌아왔다는 역설적인 느낌을 준다. 보행자도, 경찰도, 그(자동차 운전자)의 곁을 달리는 또 다른 운전자도, 그를 기다리는 여자도, 그를 기다리지 않는 모든 인생도 그가 아끼는 유일한 재산인 자동차로부터 그를 쫓아낼 수 없다. 그리하여 자동차는 그가 세상에 태어났을 때처럼 육체적으로 다시 고독해질 시간을 하루에 한 시간씩 허락해준다. 게다가, 만일 교통의 흐름이 히브리인들 앞에서 홍해가 갈라지듯 그의 자동차 앞에서 쫙 갈라진다면, 그리고 붉은 신호등들이 그를 다른 자동차들에게서 갈라놓은 뒤 뜸해지다가 마침내 사라진다면, 액셀러레이터를 밟는 발의 압력에 따라 길이 흔들리고 중얼거리기 시작한다면, 차창을 통해 바람이 거세게 불어들어온다면, 커브 하나하나가 위협이고 놀라움이라면, 그리고 1킬로미터, 1킬로미터가 하나의 작은 승리라면, 여러분은 놀라겠는가. 찬란한 운명을 약속받은 관료들이, 그 평화로운 사람들이 대지를 향한 마지막 도약으로 쇠, 자갈 그리고 피가 뒤섞이는 멋진 회전을 하러 간다면, 그렇게 자신의 미래를 거부한다면 여러분은 놀라겠는가. 사람들은 그런 격발들을 우발적으로 일어난 사고로 규정짓고, 부주의, 방심 등을 이유로 제시한다. 정반대인 급작스럽고 저항할 수 없는 육체와 정신의 만남, 자신의 삶에 관한 전격적 상념에 대한 집착이라는 가장 중요한 이유는 제외한 채 말이다. 나는 어떤 사람이고 누구인가? 나는 나다. 나는 살아 있다. 나는 삶을 살고 있다. 나는 시내에서는 시속 90킬로미터로, 국도에서는 110킬로미터로, 고속도로에서는 130킬로미터로, 머릿속에서는 600킬로미터로 달릴 것이다. 그러나 내 느낌으로는 시속 3킬로미터로 달리고 있다. 법정이, 사회가 정한 절망의 모든 법칙에 따라. 어린 시절부터 나를 둘러싸고 있는 그 자유분방한 측정기들은 대체 무엇인가? 내 인생에, 내 하나뿐인 인생에 부과된 속도는 과연 무엇인가?……'

그러나 이 대목에서 우리는 쾌락에서, 다시 말해 하나의 쾌락으로 간주되는 스피드에서 멀어져버린다. 결국 이것이 스피드에 대한 최상의 정의이다. 모랑(Paul Morand, 1888~1976, 프랑스의 시인·소설가. 제1차 세계대전 후의 혼란과 퇴폐를 신감각파적인 서정적 필치로 그려냈다. 소설 『밤이 열리다』, 『밤이 닫히다』로 유명하다―옮긴이)처럼, 프루스트처럼, 뒤마처럼 말하자면, 자동차가 도로의 안전을 넘어서서, 지면의 안정성을 넘어서서, 아마도 그 자신의 반사 신경을 넘어서서 매우 빠르게 가는 것은 불순하거나 모호하거나 부끄러운 쾌락이 아니다. 그것은 매우 기쁘고 명확한, 거의 고요하기까지 한 쾌락이다. 또한 강조하건대, 그것은 문제시되는 자기 자신과의 내기가 아니고, 자기 자신의 재능에 대한 어리석은 도발도 아니다. 그것은 개인과 개인 사이에 벌어지는 선수권 대회가 아니다. 그것은 개인적 장애에 대한 승리가 아니다. 오히려 그것은 순수한 운과 자신 사이에 벌어지는 경쾌한 게임이다. 자동차를 타고 빠르게 달리다 보면, 쇠로 된 그 카누 안에서 모든 것이 솟구쳐 오르기 시작하는 순간이 있다. 그리고 우리는 칼의 뾰족한 부분에, 파도의 꼭대기에 도달한다. 다음 순간 우리는 솜씨 덕분이라기보다는 흐름을 타고 좋은 측면으로 다시 내려가기를 소망한다. 스피드에 대한 애호는 스포츠와는 아무 상관이 없다. 오히려 그것은 도박이나 운명과 통한다. 그것은 사는 것의 행복과 통한다. 그 결과 행복 속에 늘 감도는 죽음에 대한 어렴풋한 소망에 이끌린다. 내가 진실이라고 믿는 모든 것이 바로 여기에 있다. 스피드는 어떤 것의 표시도 아니고 증거도 아니다. 도발이나 도전도 아니다. 그것은 행복의 도약이다.

오손 웰스

오손 웰스(Orson Welles, 1915~1985)

미국의 배우·영화감독. 3세 때 처음 무대에 섰으며, 16세 때 더블린 게이트 극장에서 주연을 맡게 되면서 직업배우가 되었다. 1936년 흑인이 모든 배역을 맡은 셰익스피어극 〈맥베스〉를 상연하여 주목을 끌었으며, 독창성 있는 영화 〈시민 케인〉으로 영화계를 놀라게 했다. 〈훌륭한 앰버슨 가〉, 〈제3의 사나이〉, 〈제인 에어〉 등의 작품을 남겼다.

그때 나는 가생(프랑스 남부 프로방스알프코트다쥐르 주에 있는 마을─옮긴이)이라는 우아한 작은 마을에 두 달째 피난 가 있었다. 좁다란 경작지들을 바라다보는 200미터 높이 언덕에 있는 그 마을은 자신의 미친 여동생인 생트로페의 방종함을 삼십 년 전부터 나무라는 듯한 눈길로 지켜보고 있었다. 두 달 동안 비가 내렸고, 난롯불과 구석진 곳에 있는 음식점들 사이를 요란하게 왔다갔다하던 나는 미디(프랑스 남부지방을 일컫는 속칭. 주로 남동부의 프로방스 지방과 남서부의 랑그도크, 아키텐 지방을 가리킨다─옮긴이)보다는 솔로뉴(프랑스 중부 상트르 주 남동부의 한 지역. 루아르 강의 본류와 셰르 강 사이에 있는 삼림과 습지대이다─옮긴이)에 있는 듯한 느낌을 받았다. 그때가 1959년이다. 아니, 1960년이나 1961년일 수도 있다. 잘 모르겠다. 청춘 시절이 지나가자 행복하거나 불행한 해가 차례로 축적되었고, 나는 그해들에 정확한 연도를 대응시킬 수 없게 되었다. 아무튼 그때 나는 첫 번째 부부 생활을 청산한 참이었다. 그럼에도 불구하고 칸 영화제에 관여하는 매우 소중한 어느 남자친구가 아무 날 거기서 만나자는 약속을 내게서 얻어낼 만큼 남자라는 족속에 대해 충분한 애정을 간직하고 있었다.

    나는 칸과 거기서 열리는 영화제에 대해 당시 사람들이 상상하던 것, 다시 말해 차가운 샴페인과 포근한 바다, 감탄하는 군중과 신처럼 여겨지는 미국인 스타들의 뒤섞임 정도밖에 알지 못했다. 고백건대 그 모든 것이 나를 그다지 사로잡지는 못했다. 그러한 예감은 내가 그곳에 도착할 때부터 옳은 것으로 판명되었다. 아까 말한 남자친구와 함께 오래된 페스티벌 궁전의 높은 계단에 자리를 잡고 앉아 심사위원들과 그날의 스타들이 입장하는 것을 바라보면서, 나는 갑자기 군중의 이상야릇한 움직임에 말려들었다. 아니타 에크베르그(Anita Ekberg, 1931~, 스웨덴 출신의 여배우. 〈아티스트와 모델〉, 〈라 돌체 비타〉, 〈붉은 난쟁이〉 등의 영화에 출연했다—옮긴이)와 지나 롤로브리지다(Gina Lollobrigida, 1928~, 이탈리아의 여배우. 〈꽃피는 기사도〉, 〈노트르담의 꼽추〉, 〈로마의 여인〉 등에 출연하여 세계적인 스타가 되었다—옮긴이) 혹은 내가 모르는 누군가의 등장 때문에 유발된 움직임이었다. 평화롭게 경탄하던 구경꾼들이 흥분하여 흉포한 군중으로 변했다. 나는 대체로 사람들을 무서워하지 않는다. 그러나 고백건대 그 순간 나는 그 모든 사람의 얼굴에, 그 윤곽들에, 그 어깨들에, 작열하는 태양과 교대되는 그 검은 그림자들에 포위된 채 공포에 사로잡혔다. 나는 몸부림쳤고, 어리석게도 사람들이 말하는 대로 '수에 짓눌릴' 채비를 했다. 바로 그때, 강력한 팔 하나가 지옥에서 나를 끌어내 계단, 복도 그리고 비밀스러운 문들을 통해 어느 사무실로 데려갔다. 그는 그곳의 소파에 나를 내려놓았다. 거기서 나는 그 행운을 가져다준 킹콩이 아주 매혹적임을 알아차렸다. 심지어 나는 그의 얼굴을 보기도 전에 그의 웃음소리로 오손 웰스임을 알아보았다.

  사무실에는 영화제 관계자 몇 명과 머리카락이 완전히 헝클어진 내 친구 오손 웰스가 있었다. 내 기억이 확실하다면, 대릴 재넉과 쥘리에트 그레코(Juliette Gréco, 1927~, 프랑스의 샹송 가수. 프랑스어의 뉘앙스를 잘 살린 시적인 샹송을 불렀으며, 영화배우로도 활동했다—옮긴이), 그리고 오손 웰스의 매니저가 있었다. 오손 웰스는 최초의 흥분이 지나간 후, 기운을 북돋워주는 위스키를 들이켜고 나서, 저녁에 '본 오베르주'에 식사하러 가자고 우리에게 제안했다. 사실, 그는 발파라이소(칠레 발파라이소 주의 주도—옮긴이)나 릴(프랑스 노르파드칼레 주의 도시. 벨기에 국경과 가까운 플랑드르 지방의 중심도시이다—옮긴이)로 저녁 식사를 하러 가자고 나에게 제안해도 좋았을 것이다. 오손 웰스가 거기에 있는 한 나는 그를 따라갈 수밖에 없었으니 말이다. 당시 내가 상실했다고 생각했던 남자들에 관한 아주 적은 환상이 오손 웰스라는 한 존재에 의해 다시 솟아올랐다. 그는 체격이 컸다. 거대하다고 말할 수 있을 정도로. 노란색에 가까운 밝은 갈색 눈을 갖고 있었고, 쩌렁쩌렁 소리를 내며 웃었다. 오손 웰스는 칸의 항구를 산책했다. 그를 쫓는 미친 듯한 무리가 있었고, 호화로운 그의 요트들도 있었다. 그는 장난스러운 동시에 미망에서 깨어난 눈빛을, 이방인의 노란 눈빛을 하고 있었다.

이어진 몇 년 동안, 사람들이 오손 웰스에 대해 이야기할 때마다 나는 그 생생한 일화를 들려주지 않을 수 없었다. 그러다가 정말로 내가 그 일을 경험했는지 궁금해졌다. 모든 사람 안에는 행복한 것은 보존하고 불행한 것은 잊어버리는, 사건들을 취사선택하는 선별적인 기억이, 혹은 반대로 때로는 상상력의 도움을 받을 수밖에 없는 기억이 있으니 말이다. 몇 년이 흐른 뒤, 나는 파리의 뤽상부르에서 웰스를 다시 만났다. 그는 함께 점심 식사를 하려고 거기로 나를 데리러 왔다. 웰스는 내가 또 군중에 휩쓸려 으스러지면 안 된다는 구실로 나를 옷 꾸러미처럼 팔로 감싼 채 길을 건넜고, 나는 그의 팔에 붙들린 채 머리와 발을 마구 흔들고 고래고래 소리를 지르며 그를 저주했다. 덕분에 그에 대한 내 최초의 기억이 진짜임을 알 수 있었다⋯⋯ 그러나 그것은 또 다른 이야기이다.

아무튼 칸으로, 그가 영화 〈악의 손길〉(오손 웰스의 1958년 작 스릴러 영화. 찰턴 헤스턴, 자넷 리가 주연을 맡았다—옮긴이)을 발표했던 해로, 꼬리표가 잘못 붙었던 그해로 다시 돌아가자. 우리는 그렇게 '본 오베르주'로 함께 저녁 식사를 하러 갔다. 예의 내 남자친구가 있었고, 사랑이 넘치는 재닉이 있었고, 유머 넘치는 그레코가 있었고, 빚더미에 앉은 웰스가 있었다. 웰스는 돈이 없어서 최근에 찍던 영화가 촬영하다 중단된 상태였고, 그 저녁 식사는 웰스가 처한 어려운 상황을 해결해주도록 (할리우드에서 가장 능력 있는 제작자 중 한 사람인) 대릴 재닉을 설득하기 위한 자리였다. 내 기억에 따르면, 처음 삼십 분 동안 식사 분위기는 무척 평화로웠다. 우리는 그 식당이 자랑하는 특별 메뉴인 갖가지 종류의 오르되브르의 향연이 펼쳐지는 가운데 프랑스어와 영어로 그날 오후의 파란만장했던 사건을 논평했다. 우리는 웃었다. 모두 유머가 넘쳤다. 시간이 흐르자 우리는 불가피하게 주로 영화에 대해, 그다음에는 영화제작에 대해, 영화에서 제작자의 역할에 대해 이야기했다. 그 지점에서 대화가 영어만으로 점점 빠르게 펼쳐졌다. 고백건대 나는 호의적인 마음으로, 그러나 멀리서 대화를 따라갔다. 그러던 중 내 왼쪽에 앉아 있던 사람, 즉 오손이 내 접시를 세게 두드리는 바람에 퍼뜩 정신을 차렸다. 오손이 말했다. "You and I, 당신과 나, 우리는 예술가요. 우리는 자본가 나부랭이나 조잡한 사기꾼들과는 아무런 상관이 없어요. 그런 사람들은 페스트를 피하듯 피해야 합니다. 그들은 단순한 중개인일 뿐이에요……." 내가 의미를 정확히 파악하지 못한 몇 마디 욕설이 그 뒤를 따랐다. 욕설은 재녁이 시가를 던져버리고 백지장처럼 창백해진 얼굴로 자리에서 일어서게 할 만큼 퍽이나 효율적이었다. 웰스 또한 디저트를 그대로 놓아둔 채 우리와 함께 자리를 박차고 떠났고, 그의 영화는 중단된 상태로 남았다. 나로 말하자면, 그의 영화를 생각하면 유감스러웠고 그 자신을 생각하면 기분이 좋았다. 웰스 때문에, 인생 때문에, 예술 때문에, 그리고 그가 말했듯 '예술가들' 때문에, 진실 때문에, 거침없음과 위대함 때문에, 우리가 원하는 모든 것 때문에, 언제나 나를 기쁘게 하는 것들 때문에 말이다. 안타깝게도 나는 십 년 후에야 그를 다시 만났다. 우리가 모호한 계획들에 대해 이야기를 나누었던 가생-런던-파리를 잇는 전화 통화들은 별도로 하고 말이다.

그날, 그렇게 나를 옷 꾸러미처럼 팔에 낀 채 파리의 모든 대로와 샹젤리제 대로를 휩쓸고 다닌 후, 마침내 오손 웰스는 점심 식사를 하기 위해 나를 자신의 두 친구와 함께 어느 식당의 의자에 앉혔다. 그는 게걸스럽게 음식을 먹었고, 식인귀처럼 호탕하게 웃어댔다. 그리고 우리는 매일 오후 조르주 5번가에 있는 그의 아파트에서 시간을 보냈다. 그는 파리의 수많은 고급 호텔에서 여러 차례 참화를 입은 뒤 막 그 아파트에 다다른 참이었다. 웰스는 아파트 안을 이리저리 서성이며 셰익스피어에 대해, 호텔의 메뉴에 대해, 신문들의 어리석음에 대해, 누군가의 우울증에 대해 이야기했다. 당시 그가 했던 말을 한마디라도 옮기는 일은 나에게 불가능하다. 나는 매혹되어 웰스를 바라보기만 했다. 아마도 세상에서 그처럼 천재의 인상을 주는 사람은 없을 것이다. 그의 안에는 정상을 벗어나는 어떤 것, 활기 넘치고 숙명적이고 결정적인, 미망에서 깨어난 동시에 너무나 열정적인 어떤 것이 있었다. 한 시간 후 발파라이소에 가자고 그가 갑자기 우리에게 제안했을 때, 나는 말 그대로 공포의 한순간을 경험했다. 나는 여권을 가지러 집에 가려고 문 쪽으로 다가갔다(두 번째 부부 생활을, 어린애 한 명과 개 한 마리, 고양이 한 마리를 내팽개치려는 비난받아 마땅한 의도 때문이 아니라, 웰스에게 저항할 수 없고 웰스의 소망은 아주 작은 것이라도 반드시 실현되어야 했기 때문에). 바로 그때, 고맙게도 혹은 빌어먹게도, 그를 찾는 전화가 걸려왔다. 그가 런던으로 출발해야 한다는 연락이었다. 발파라이소행은 수포로 돌아갔다.

다음 주, 여전히 충격에 빠져 있던 나는 당시 내가 영화평론란을 담당하고 있던 『렉스프레스』 덕분에 그의 모든 영화를 감상하는 일에 돌입했다. 며칠 동안 내가 알지 못했던 그의 영화 네 편을 보았고, 다른 영화들도 다시 보았다. 그리고 고백건대 나는 이해할 수 없었다. 미국인들이 계약서를 손에 쥔 채 웰스의 발치에 웅크리지 않는 이유를 혹은 프랑스의 영화제작자들이―그 시절 사람들은 이들이 위험에 너무 목말라한다고 말하곤 했는데도―그를 찾아 영국의 시골길을 달리지 않는 이유를 이해할 수 없었다. 만일 웰스가 촬영 도중 멕시코로 혹은 다른 어딘가로 도망가기 위해 촬영장을 떠나려 한다면(사람들 말에 따르면 실제로 그에게 일어났던 일이다), 보디가드 두 명을 그에게 붙여주기만 하면 되었다.

그 주에 나는 많은 것을 보았다. 다리 밑에 흐르는 물과 오물 사이를 떠다니는 잔인한 경찰, 부패한 형사의 거대한 시체. 마를렌 디트리히(Marlène Dietrich, 1901~1992, 독일 출생의 미국 영화배우. 유성영화 초기의 독일 영화 〈탄식의 천사〉 주연을 맡아 호평을 받은 후 할리우드로 건너가 〈모로코〉, 〈정염의 미녀〉 등 많은 영화에 출연하며 큰 인기를 누렸다―옮긴이)가 그 장면을 바라본다. 강직한 변호사가 그녀에게 묻는다. "당신은 그가 그립습니까?" 그녀가 대답한다. "He was a kind of a man(그는 대단한 남자였어요)." (영화 〈악의 손길〉의 한 대목―옮긴이) 로드리게스 부인은 자신이 사랑했던 남자, 자신을 사취했고 곧 자신을 죽이게 되는 그 남자의 사진을 바라본다. "당신은 이 남자를 어떻게 생각하죠?" "He was a kind of a man." 불구가 된 조지프 코튼(Joseph Cotten, 1905~1994, 미국의 연극배우·영화배우. 〈제3의 사나이〉, 〈농부의 딸〉, 〈가스등〉 등의 영화에 출연했다―옮긴이)이 자신을 배신하고 추격했던, 가장 친한 친구였던 그 남자에 대해 이야기한다. "He was a kind of a man." (영화 〈시민 케인〉의 한 대목―옮긴이) 나머지는 생략하겠다. 웰스의 영화들을 연달아 보면서 나는 곳곳에서 똑같은 강박관념을, 기질적인 강박관념을 발견했다. 웰스는 어떤 유형의 남자들을 좋아했다. 확실히 그 자신과 같은 유형의 남자들이었다. 난폭하면서도 상냥하고, 지적이면서도 도덕관념이 결여되어 있는 부유한 남자들. 자기 자신 때문에 괴로움을 당하고 고갈된, 타인 위에 군림하고 겁을 주는 남자들. 결코 이해받지 못하지만 그것에 대해 불평하지 않는 남자들. 아마도 그것에 대해 신경 쓰지 않는 젊고 냉혹한 케인, 오만한 아카딘, 침울한 오셀로. 모두 괴상하고 모두 고독하다. 그것은 절정에 달한 웰스의 지성이 지불해야 할 대가였다. 그가 희생자 역할을 맡아 연기한 유일한 영화 한 편이 있다. 바로 〈상하이에서 온 여인〉(오손 웰스의 1947년 작 영화. 선원 마이클은 강도를 만난 미모의 여인 엘자를 구해준다. 엘자의 남편인 변호사이자

부호 베니스터는 엘자를 구해준 데 대한 감사의 뜻으로 마이클을 지중해 항해 선원으로 채용하고, 세 사람 사이에 미묘한 갈등이 시작된다. 영화사상 가장 바로크적인 누아르 영화로 불리는 작품이다. 거울 방에서의 마지막 총격 장면은 수많은 영화가 모방한 명장면이다—옮긴이)이다. 그 영화의 괴물 같은 여주인공 역할을 웰스는 리타 헤이워스(Rita Hayworth, 1918~1987, 미국의 여배우. 오손 웰스와 결혼하여 〈상하이에서 온 여인〉을 함께 작업했으며 〈황야의 탈출〉, 〈서커스 인생〉, 〈헤로인 커넥션〉 등 많은 영화에 출연했다—옮긴이)에게 맡겼다. 그는 그녀를 사랑했던 것이다.

　　그러나 그 멋진 고독도 무거워지고 있었다. 웰스는 생활을 위해 바보 같은 역할들을 해야 했다. 사람들은 웰스의 무기, 즉 카메라를 그에게서 앗아갔다. 안경을 끼고 샤프펜슬을 손에 쥔 조그만 남자들, 회계원과 제작자들, 그 난쟁이들이 생각해야 할 다른 것을 지닌 걸리버를 넘어뜨린 것이다. 그는 그 난쟁이들 앞에서 거의 굴복했다. 그리하여 그는 〈악의 손길〉을 찍었다. 서른 개의 장면 중 나를 감동시킨 특별히 아름다운 장면은 웰스가 자기처럼 아름다운 괴물이었던 여자 마를렌을 다시 만나는 장면이다. 그녀는 그가 살이 쪄 추해졌고, 더 이상 아무것도 닮지 않았다고 그에게 말한다. 그녀는 그의 미래가 그의 등 뒤에 있다고 말한다. 바로 그 장면에서 그는 자신의 영화들 중 처음으로 연민

비슷한 어떤 것을 허용한다. 그녀는 〈탄식의 천사〉에서처럼 코로 연기를 뿜어내고, 그는 그녀를 죽이기 전 상처 입은 황소의 눈빛을 보인다. 검고 성난 젊은 황소 케인은 어디로 가버렸나? 그는 미국의 투우장들을 공포에 몰아넣지 않았던가? 사람들이 대체 웰스에게 무슨 짓을 한 걸까? 그가 무슨 일을 당한 걸까? 나는 그것에 대해 이야기할 만큼 충분히 아는 것이 없다. 다만 웰스의 모든 영화가 눈부신 재능을 발한다는 것, 그리고 과연 누가 '빈털터리' 혹은 '빈털터리들'인지 자문해봐야 한다는 것을 알고 있을 뿐이다.

그 후, 어쨌든 〈심판〉(카프카의 원작을 시나리오로 한 오손 웰스의 1963년 작 영화. 안소니 퍼킨스, 아눌라 포아, 제스 한이 출연했다—옮긴이)이 만들어졌고, 웰스의 테크닉, 그의 기상천외한 태도, 난폭함 등에 대한 많은 기사가 쓰였다. 그의 영화는 어떤 작품을 보아도 독특한 서정을, 상상력을, 우아함을, 진실한 영화가 담아낼 수 있는 모든 것을 발견할 수 있다. 개인적으로 내 흥미를 끄는 것은 그의 강박관념들이다. 이를테면 돈 말이다(웰스는 대단히 부자여야 했다. 그랬다면 그는 정말로 기뻐했을 것이다). 사람들은 〈미스터 아카딘〉(오손 웰스의 1955년 작 영화. 재력가 아카딘은 밴 스트래튼이라는 청년을 고용하여 자신의 과거를 알고 있는 사람들을 찾아내는 임무를 맡긴다. 그들은 모두 수천 마일 떨어진 곳에 있지만, 스트래튼이 소재를 밝혀낼 때마다 차례로 죽음을 맞이한다. 〈시민 케인〉처럼 과거를 조사하는 형식으로 이루어진 이 영화에서 웰스는 이전 영화들에서 보여준 기법을 총동원, 요약, 정리하려는 듯한 태도를 취했다─옮긴이)에 나오는 다음과 같은 장면을 떠올린다. 한 젊은 남자가 거리를 헤매고 있다. 그는 자신이 돕고 있는 어느 노인의 터무니없는 환상을 만족시켜주기 위해 크리스마스 만찬용 푸아그라를 구해야 한다. 그는 롤스로이스 한 대를 보고 반한다. 그 롤스로이스는 아카딘의 것이다. 아카딘은 그를 죽이고 싶어하지만 매우 친절한 태도로 그를 커다란 식당으로 안내한다. 거기서 웨이터 열다섯 명이 아카딘을 위해 급히 푸아그라를 가져온다. 우리는 앰버슨 가(오손 웰스의 1942년 작 영화인 〈훌륭한 앰버슨 가〉에 등장하는 가족─옮긴이)에서 열린 그 무도회들을, 케인의 피크닉을, 롤스로이스들을, 대저택들을, 비행기들을, 요트들을, 성대한 파티들을, 수백 명의 하인들을, 비서들을, 매춘부들을 떠올린다. 얼마나 안타까운 일인가! 웰스가 최초의 성공에서 번 돈으로 셸(세계적인 정유회사 이름─옮긴이)의 주식이나 스낵바를 사지 않은 것은 매우 안타까운 일이다. 그가 하늘에 돈을 뿌리면서 전 세계를 배회한 것은, 자신의 즐거움을 위한 것 말고 다른 투자를 하지 않은 것은 매우 유감스러운 일이다……. 나는 빈정거리기 위해 이 말을 하는 것이 아니다. 만약 그러지 않았다면 그는 롤스로이스들 외에도 영화제작사를 가졌을 것이고, 우리는 삼 년마다 그의 걸작을 한 편씩 볼 수 있었을 것이기 때문이다……. 우리에게 그리고 그에게도 얼마나 안타까운 일인가. 그러나 천재의 운명은 얼마나 멋진가. 그날그날 내키는 대로 살면서 미테랑에게 훈장을 받기 위해 파리에 들르고, 관절염을 치료하기 위해 미국의 농장으로 다시 돌아가고, 터무니없이 적은 금액에 광고영화를 찍는 운명 말이다. 그 거대한 남자의 실루엣은 어느 모로 보나 얼마나 멋진 실루엣인가. 그는 상상력도 없고 영혼도 없는 반(半)난쟁이들 사이에서 살도록 벌을 받았다. 그리고 자신의 몸뚱어리를 먹여 살릴 최소의 필요만큼의 오만한 경멸을 지닌 채 그들에게 재능을 강탈당했다. 우리는 결코 웰스에 관한 영화를 만들 수 없을 것이다. 적어도 나는 그러기를 바란다. 왜냐하면 이 세상의 누구도 그와 같은 큰 체격을, 그와 같은 얼굴을 가질 수 없을 것이기 때문이다. 특히 결코 부드러워진 적이 없는, 천재의 것이라고밖에 말할 수 없는 광채를 발하는 눈은 아무도 가질 수 없을 것이기 때문이다.

연극

나는 가장 자연스럽고 가장 대수롭지 않은 이유로, 즉 내 주변 사람들을 기쁘게 해주겠다는 이유로 극작가로서의 경력을 시작했다. 그해 겨울, 나는 파리에서 60킬로미터 떨어진 곳에 매력적인 집 한 채를 빌렸다. 거기서 경박하지 않은 기간 중 한때를 보내기 위해서였다. 대수롭지 않은 파리 생활, 대수롭지 않은 나이트클럽, 위스키, 연애 사건, 떠들썩한 술 파티에 싫증이 났다. 독서여, 난롯불이여, 위대한 음악과 철학적 토론이여, 만세. 이것들에 대한 발작적인 이끌림은 규칙적인 간격을 두고 찾아와 내 삶을 뒤흔든다. 혹은 내 삶의 흔들림을 일시적으로 지연시킨다. 내가 세 번째 책을 쓰는 동안에도 그런 이끌림이 나를 찾아왔다. 그래서 나는 극히 이기적이게도 내 등장인물들과 함께 그 작품의 마지막 페이지들에 파묻혔다. 그러느라 가을의 마지막 낙엽이 떨어지는 것도, 눈이 내리는 것도 보지 못했다. 해가 짧아지는 것도, 친구들의 얼굴이 시무룩해지는 것도 알지 못했다. 다시 정신을 차렸을 때, 즉 『한 달 후, 일 년 후』의 원고에 '끝'이라는 단어를 적어 넣은 후에 내가 주변에서 발견한 것은 신경질적인 우울증, 사랑의 슬픔, 신비주의적 혼란 그리고 모든 연령대에서 일어날 수 있는, 그러나 특히 시골에 유배된 도시인에게 흔히 나타나는 근심거리였다. 아직도 손과 머리를 자극하는 종이와 펜을 본 나는 어느 희곡의 1막 1장을 썼다. 그렇게 겨울에 스웨덴의 한 성(城)에서 눈 때문에 꼼짝 못하고 있는 오빠와 여동생 사이의 대화를 시작했다. 나는 내 친구들이 그 희곡 주인공들의 운명과 그들 자신의 운명을 비교해보면서 어떤 낙관론 같은 것을 갖게 되기를 막연하게 바랐다. 어쨌거나 1막 시작 부분은 친구들의 웃음을 자아냈다(그 웃음이 나를 배려하는 웃음이었다고 생각하지 마시기를. 나는 늘 세련된 그러나 가차 없는 친구들에 둘러싸여 있었으므로, 내 문학이라고 해서 특별히 그들을 열광시킬 수는 없었다. 나는 늘 감탄의 외침보다는 깨어 있는 비평을 받곤 했다. 때때로 사람들은 나에게 지나친 아첨을 늘어놓는 광적인 팬들이 있다고 말하는데, 고백건대 어떨 때는 정말 그런 팬들이 있었으면 하고 꿈꾸었다).

한편으로 생각하면 극작가로서의 내 시작이 그러했다고 말하면 거짓말이 될 것 같기도 하다. 나는 갓 열두 살이 되었을 때부터 내가 읽은 역사극과 비극들을 흉내 낸 대사들로 어머니를 침대 속까지 따라다니며 못살게 굴었던 것이다.

이를테면 다음과 같은 스타일이었다.

　　　왕 　 : 저놈을 지하 감옥에 처넣어라!

　　　왕비 : 전하, 자비를 베푸소서! 전하께서는 그럴 권리가 없으
　　　　　　십니다…….

　　　죄수 : 내버려두십시오, 왕비 마마. 저는 제가 살아온 것처럼
　　　　　　명예롭게 죽음을 맞이할 것입니다.

　　　왕 　 : (비웃으며)명예롭게? 흥! 밀짚 속에 무릎을 꿇은 채 말
　　　　　　이지!

　　　왕비 : 전하, 전하께서는 잔인한 분이 아니십니다. 저는 그걸
　　　　　　잘 압니다. 전하께서 어떻게 그러실 수가…….

　어머니는 대단히 배려심이 많은 분이지만, 지나친 배려심을
삼십 분 동안 발휘한 후에 천천히 잠에 빠져들었다. 나는 열중하
던 어머니의 한쪽 눈이 불안정해지고, 수축되고, 그런 다음에는
힘없는 눈꺼풀 밑으로 꺼져가는 것을 보았다. 나는 한숨을 쉬었
고, 연민과 동정이 뒤섞인 감정을 느끼며 침대에서 일어났다. 물
론 그 대사들은 조금 강하고, 폭력적이고, 냉혹했다. 사교적인
두 만찬회 사이에 그런 대사를 그런 식으로 어머니의 머리맡에

퍼부어 불시에 어머니의 감수성에 문학과 드라마의 충격을 가한 것은 아마도 내 실수였을 것이다. 어머니는 잠들어버린 것이 아닌지도 모른다. 자식의 생각지도 않은 거친 언어 구사를 피해 난민처럼 잠 속으로 피신했을 것이다. 그로부터 얼마 지나지 않은 어느 날, 어머니는 파리 전체가 경탄해 마지않은 음악회에 참석하여 오케스트라석 셋째 줄에서 눈물을 흘렸다. 그때부터 나는 어머니의 침대로 가지 않고 흐트러진 내 머리를 내 푹신한 베개 위에 누이러 갔고, 거의 즉시 잠이 들었다. 2막에 대해 꿈을 꾸면서.

그해 겨울, 나는 사람들이 말하는 대로라면 이미 '문학적 경력'에 손을 댔고, 책 두 권을 출간했고, 세 번째 책 집필을 마친 상태였다. 그러니 누가 연극에 대한 몽상을 나에게 금할 수 있었을까? 아무도 그럴 수 없었을 것이다. 그러니 내가 컨버터블 자동차를 타고 들판을 깡충깡충 뛰어다닌 것은, 사람들이 즉시 나를 심각하게 주의시킨 것은, 그리고 내가 벨포 붕대를 감고 지냈던 것처럼(1957년 사강이 자동차를 운전하다 사고를 일으켜 중상을 입었던 일을 가리킨다—옮긴이) 여섯 달 동안 연극에 나오는 옷차림을 하고 다닌 것은 누구의 잘못도 아니었다.

그 이후의 일은 우연으로부터 나왔다. 일 년 뒤, 『르 카이에 데 세종』을 이끌던 자크 브레너(Jacques Brenner, 1922~2001, 프랑스의 작가·언론인—옮긴이)가 발표되지 않은 텍스트 하나를 나에게 부탁했고, 나는 순전히 안일한 생각으로 마침 갖고 있던 원고 한 편을 그에게 보냈던 것이다. 바야흐로 희곡 〈스웨덴의 성〉의 시작이었다. 그는 자신의 잡지에 작품의 몇 페이지를 게재했고, 아틀리에 극장을 운영하던 앙드레 바르자크가 기차 안에서 우연히 그것을 읽었다. 그 작품을 마음에 들어한 바르자크는 파리에 있던 나에게 전화를 걸어왔다. 그 작품은 이 년도 더 전에 쓴 것이었고, 나는 대단한 발견이라도 되는 것처럼 그 작품에 대해 이야기하는 그의 열의에 깜짝 놀랐다. 바르자크는 나를 만나러 와서는 잡지에 게재된 30페이지 분량이 매우 좋았다고, 다만 전개부와 절정부, 대단원, 줄거리 등 100페이지가량이 더 필요하다고 설명했다. 그 작품을 처음 쓸 때 나는 우울해하는 친구들을 웃게 만들어야 한다는 생각뿐이었기에, 그런 것들은 미처 고려하지 못했다. 결국 나는 스위스의 어느 음울한 장소로 떠났다. 두 채의 오두막과 세 곳의 식당, 눈, 퐁뒤 요리, 포도주와 흰 초콜릿 속으로. 거기서 나는 유일한 구원처럼 생각해냈다. 그 희곡에 대한 아이디어를 생각해내려면 그 작품이 나에게도 상징적인 것이 되어야 한다고. 나는 희곡의 주인공들과 똑같은 상황 속으로 들어갔다. 건강하고, 쾌활하고, 스포츠를 좋아하고, 스키를 타느라 코가 빨개진 채 조금 피곤해하는 사람들과 함께 두터운 눈 속에 꼼짝 못하고 갇혀버렸다. 나는 조금 타락하고 영악한 모든 문명으로부터 멀리 떨어진 채 그곳에 갇혀 있었다. 그렇게 삼 주 동안 바르자크와 열정적이고 때로는 명랑한 전화 통화를 나누면서 〈스웨덴의 성〉을 썼다. 그러면서 연극의 어려움이 아니라 용이함을 발견했다. 연극이라는 것의 궤도는 우리를 우리 의지와는 상관없이 끌고 간다. 시간의 단일성, 장소의 단일성, 관객이 지루해하지 않도록 주된 줄거리를 벗어나지 말 것, 센티멘털한 몽상에 잠기지 말고 빠르게 대단원을 향해 달려갈 것 등등. 다시 말해 활력을 계속 유지하면서 관객을 납득시켜야 했다. 그 모든 것이 나에게는 작가로서 내가 가진 어떤 야망에 완벽하게 부합하는 듯 보였다. 단편소설과 희곡은 흔히 장편소설보다 더 어렵다고 간주된다. 단편소설에서는 좀 더 미묘한 기교가 필요하고 희곡에서는 좀 더 정확한 기교가 필요하다. 그런데 나에게 단편소설은 호흡이 길게 이어지지 않는 장르로 여겨지고 희곡은 대사의 사용이 용이하다고 여겨졌다. 단편소설과 희곡은 등장인물을 즉시 노출시키는 특성에서 출발한다. 그 특성은 또한 등장인물이 매우 빠르게 펼치는 행위 속에서 전개되고, 첫 대사들에서 불가피하게 예견된 대단원을 향해 달려간다. 반면, 장편소설은 불확실성에서 불확실성으로, 암시에서 암시로, 이 특성에서 저 특성으로 변화한다. 한마디로 말해 장편소설은 위험하면서도 매력적인 모든 자유를 갖고 있다. 장편소설에는 우회와 방랑이 허락된다. 물론 이것은 단편소설이나 희곡에서는 반드시 배제되어야 한다. 장편소설이 거대하고 복잡한 정리(定理)라면, 단편소설과 희곡은 공리(公理)라고 말할 수 있다.

한마디로 말해 나는 〈스웨덴의 성〉을 썼고, 바르자크는 그것을 연극으로 연출했으며 연극은 성공을 거두었다. 나는 연극 연습에 여러 번, 거의 매일 갔다. 그러면서 내가 쓴 단어, 내 성찰, 내가 쓴 대사가 배우의 목소리를 통해 말해지는 것을 듣는 일에 매혹되었다. 나는 클로드 리치(Claude Rich, 1929~, 프랑스의 연극배우. 영화, TV 드라마에서도 활약했다. 〈파리는 불타고 있는가?〉 등의 영화에 출연했다―옮긴이) 속에서 '세바스티앵'이 태어나는 것을, 필리프 누아레(Philippe Noiret, 1930~2006, 프랑스의 연극배우·영화배우. 〈르 시드〉, 〈맥베스〉, 〈피가로의 결혼〉 등 많은 고전 연극에 출연했고 영화에서도 활발히 활동했다. 〈멋진 인생〉, 〈일 포스티노〉 등 수많은 영화에 출연했다―옮긴이) 속에서 '위고'가 태어나는 것을, 프랑수아즈 브리옹(Françoise Brion, 1938~, 프랑스의 연극배우·영화배우. 〈카티아〉, 〈이자벨의 유혹〉 등의 영화에 출연했다―옮긴이) 속에서 '엘레오노르'가 태어나는 것을 지켜보았다. 내가 모르는 그 사람들을 경탄하며 바라보았다. 그 사람들은 나를 위해 뭔가 해야 할 아무런 의무도 없었지만 내 상상력의 변덕을 받아주었다. 나는 그들에게 큰 고마움을 느꼈다. 또한 고백건대 성인 배우인 그들이 성인 관객 앞에서 심오하면서도 우스꽝스러운 내 대사들을 읊는 것을 보면서 언제나 놀라움과 고마움을 느꼈다. 배우들은 그 대사를 읊느라 수고했고, 관객은 그 대사를 듣기 위해 돈을 지불하지 않았는가. 아마도 작가가 그런 일에 익숙해지는 경우는 결코 없을 것이다. 나는 비 내리던 어느 오후, 과도했던 위스키 덕분에 혹은 돌연하고 수상쩍은 영감의 발작 덕분에 그 대사들을 생각해냈다. 그러나 배우들은 노련하든 그렇지 않든, 확신을 갖고 매우 성실하게 연기에 임해주었다. 내가 낮은 목소리로 쓴 단어들을 그들은 높은 목소리로 읊었다. 이렇게 말해도 될지 모르지만, 그것은 헌신 그리고 약간의 경솔함에서 나온 행위였다.

그리하여 그해에 나는 연극의 성공이 지닌 매력—어떤 순간에는 박수갈채, 다른 순간에는 침묵—과 관객이 지닌 매력을 깨달았다. 내 희곡을 좋아해주는 한, 관객은 나에게 완벽한 존재로 보였다. 나는 관객들이 다음과 같이 수런거리는 소리를 기쁜 마음으로 들었다. "그 여자가 희곡도 쓸 줄 아네!"

그러는 사이에 나는 '연극'을, 커튼, 꽃, 샴페인, 울부짖음과 놀라움 그리고 위대함을 가진 붉은색, 검은색, 황금빛의 연극을 만났다. 그 모든 것이 한 명의 여성에게 집중되었다. 바로 마리 벨(Marie Bell, 1900~1985, 프랑스의 연극배우. 위대한 고전 배우이자 극단장이었으며 장 주네 같은 아방가르드 작가의 작품도 즐겨 무대에 올렸다. 특히 '페드르' 역할에 대한 탁월한 해석력으로 인정받았다—옮긴이)이었다. 그녀에게는 그 모든 것이 언제나 집중되어 있었다. 어느 화창한 아침, 마리 벨이 미용실에서 나에게 말을 걸어왔다. 서(西)고트의 여왕 같은 그녀는 머리 말리는 기계 아래에 앉은 채 소음 때문에 자신의 목소리가 잘 들리지 않아 한층 더 쩌렁쩌렁해진 목소리로 자신의 짐나즈 극단을 위해 희곡 한 편을 쓰라고 나에게 명했다. 나는 즉각 그러겠다고 대답했다. 그때 이후 나는 마리에게 언제나 "네."라고 대답하는 습관이 붙었다. 그녀를 아는 사람이라면 그것에 대해 놀라지 않을 것이다. 그녀를 잘 모르는 사람을 위해 상기하자면, 갈색 머리칼과 새 같은 눈을 지녔고, 코사크인(15세기 후반에서 16세기 전반에 걸쳐 러시아 중앙부에서 남방 변경지대로 이주하여 자치적인 군사 공동체를 형성한 농민집단—옮긴이)의 유머를 가진 아름답고 난폭한 여자였다. 그녀가 마치 다른 사람들이 물을 마시듯 라신(Jean-Baptiste Racine, 1639~1699, 프랑스의 고전 작가. 〈베레니스〉, 〈이피제니〉 등 삼일치의 법칙을 지킨 정념비극의 걸작으로 성공을 거두었다—옮긴이)의 대사를 읊는다는 것, 또한 여왕만큼이나 창녀 역할을 잘 연기했다는 것도 상기해야 한다. 그리하여 나는 그녀를 위해 희곡 한 편을 썼다. 그것이 바로 〈바이올린은 때때로〉였고, 우리는 피에르 바네크(Pierre Vaneck, 1931~, 프랑스의 연극배우―옮긴이)와 어느 영국인 연출가와 함께 그녀의 화려한 극장에서 석 달 동안 작품을 연습했다. 내가 이름을 기억하지 못하는 그 연출가는 마리 벨을 두려워하고 있음이 분명했다. 초연날에 관객은 내가 보기에 〈스웨덴의 성〉 때보다 연극에 덜 집중하는 듯했다. 어쨌거나 나는 마리의 충고에 따라 그 시절 스타들의 머리를 매만지던 미용실에서 요란한 화장까지 받은 채 칸막이 좌석 깊숙한 곳에 앉아 있었다. 염려했던 대로 눈 화장 때문에 눈이 쓰려왔고, 막간에 로비에서 옆에 있는 사람들이 칸막이 좌석으로 가는 길을 나에게 물어댔다. 심지어는 나에게 몇 프랑을 쥐여주면서 겉옷과 소지품을 맡기는 사람까지 있었다. 나는 마리의 날개 밑으로 뛰어들었다. 그녀는 재앙이 멀지 않았음을 느끼면서도 발을 동동 구르며 만족해하는 표정을 지었다. 곧 2막이 시작되었는데, 2막에서 우리의 첫 예감을 확인했다. 즉, 연극은 완전한 실패였다. 천만다행으로 짐나즈 극단은 바리예(Pierre Barillet, 1923~, 프랑스의 극작가―옮긴이)와 그레디(Jean-Pierre Grédy, 1920~, 프랑스의 극작가. 피에르 바리예와 함께 30여 편의 통속극을 써서 큰 성공을 거두었다―옮긴이)의 〈안녕, 신중함이여〉를 〈바이올린은 때때로〉와 교대로 공연하고 있었다. 어쨌거나 교대 공연

덕분에 우리는 여러 달 동안 포스터를 내걸고 공연할 수 있었다. 내 기억으로는 17회 정도 공연한 것 같다. 아무튼 그 비참했던 초연날 밤, 우정, 애정, 동정의 말, 간혹 축하의 말이 우리를 맞이 했고, 다음 날 나는 우리의 운명을 확인하기 위해 마리 벨과 레투알 광장에 있는 '퓌블리시스' 서점에 신문을 사러 갔다. 우리는 개선문 앞 어느 가로등 밑으로 갔다. 안경을 잊고 온 마리가 나에게 『피가로』, 『로로르』 등에 실린 기사를 차례로 읽어달라고 부탁했다. "주르노 드 마탱: 슬픈 일이다." 신문을 읽어나가면서 나는 그녀에게 불쾌한 부분은 삭제하고 나에게 불쾌한 부분을 강조하려고 노력했다. 그러나 허사였다. 그녀는 나에게 모든 기사를 읽고 또 읽게 했다. 정말로 끔찍했다. 그런데 내가 신문을 읽어나갈수록 그녀는 점점 더 큰 소리로 웃어대는 것이었다. 웃음은 "형편없는 텍스트…… 무능한 배우들…… 하찮은 연출…… 아무런 흥미를 유발하지 못하는 작품이다."와 같은 두 건의 모욕적인 기사 사이에 갑자기 그녀를 사로잡고는 한사코 놓아주지 않았다. 그 웃음은 뒤이어 나까지 사로잡았다. 내 실망은 그녀보다는 덜했을 것이다. 결국 그것은 그녀의 극장에서 상연한 연극이었고, 그녀가 돈을 댔고, 그녀가 연기를 했기 때문이다. 다시 말해 연극의 실패는 나보다 그녀에게 더 심각했다. 그 멋지고, 저항할 수 없고, 쩌렁쩌렁한 웃음은 멋진 메르세데스 안에서 내 옆에 앉아 있는 페드르를 여전히 뒤흔들었다. 나에게는 그것이 결정적인 우정의 표시로 여겨졌다(그리고 내 생각은 틀리지 않았다). 함께 준비한 연극이 실패로 돌아간 날 밤 그런 식으로 친구가 되는 일은 매우 드물다. 그 최초의 실패 때, 나는 가장 좋은 친구 한 명을 만드는 행운을 누렸고, 우정은 지금도 계속되고 있다.

세 번째 시도는 성공이었다. 나는 〈발랑틴의 연보랏빛 옷〉 공연에서 다니엘 다리외(Danielle Darrieux, 1917~, 프랑스의 배우·샹송 가수. 제2차 세계대전을 전후하여 일세를 풍미하는 미모의 스타로 군림했다. 〈금남의 집〉, 〈적과 흑〉, 〈채털리 부인의 사랑〉 등의 영화에 출연했다─옮긴이)를 만났다. 나 자신도 몰랐지만 그 작품은 마치 다니엘 다리외를 염두에 두고 쓰인 것만 같았다. 연습 첫날 그녀가 무대로 들어왔는데, '발랑틴' 그 자체였다. 요컨대 훌륭한 연출가 자크 로베르(Jacques Robert, 1921~1997, 프랑스의 작가·연출가─옮긴이)도 나도 그녀에게 은밀히 알려주거나 암시할 게 아무것도 없었다. 진실을 말하자면, 나는 그 희곡의 운명을 염려하지 않은 채 미리부터 몹시 기뻐하고 있었다. 행복의 두 달이 내 눈앞에 펼쳐지는 듯했다. 도박이 그렇듯이 연극을 이해하려면 연극과 사랑에 빠져야 한다. 연극 연습의 매력, 무대장치에서 풍기는 갓 잘라낸 나무 냄새, 막을 올리기 직전의 소동, 흥분, 열정, 낙관, 절망 등

등……. 그 모든 것이 많은 사람에 의해 충분히 자주 묘사되었으니 내가 군이 덧붙이지는 않겠다. 다만 그때가 가을이었다는 것을, 파리의 날씨는 화창하다가 계속 비가 내리거나 했다는 사실을 말해두겠다. 그러나 날씨가 어떤가 하는 것은 나에게 별로 중요하지 않다. 나는 매일 여섯 시간 암흑과도 같은 어둠 속에 앉아 있었으니 말이다. 나 말고도 두세 개의 그림자가 띄엄띄엄 더듬거리면서 그 어둠 속으로 들어와 종잇조각을 만지작거리며 의자에 앉았다. 무대 위에는 당당하고 비현실적인 나의 발랑틴이 거닐고 있었다. 다리외가 대단원을 향해 자신의 경주를 계속하고 있었다. 우리는 휴식 시간에 칸막이 좌석에서 한두 잔 마셨다. 모든 것이 잘 돌아간 날은 파리 시내로 나가 즐겁게 술을 마시기도 했다. 그럴 때면 파리는 완전히 낯선 익명의 장소가 되어버렸다. 긴장된 연극 연습 후에, 우리는 낯선 사람들을 만나 삼분 만에 좋은 친구가 되곤 했다. 비록 그들이 퍽이나 빠르게 그리고 결정적으로 잊혀질 거라는 사실을 잘 알았지만 말이다. 다시 말해 우리의 연극, 우리의 공연, 우리의 작품과 관련 있는 사람들만 우리의 지옥 같은 서클 안으로 들어올 수 있었다. 우리는 고난 혹은 승리에 헌신한 광신자였고, 아무도 알지 못하는 종교의 신봉자였다. 우리는 그 종교의 시편을 모두 외웠고, 그 종교는 우리를 우리가 상상할 수 있는 가장 폐쇄적인 소수집단으로 만들었다. 우리의 배우자조차, 즉 다니엘 다리외의 남편과 내 남편조차 그 강력한 힘에 붙들렸고, 그들은 그 연극을 우리만큼이나 잘 알게 되었다. 때때로 다니엘 다리외는 극장 밖에서도 발랑틴처럼 이야기하고 발랑틴처럼 생각했는데, 우리 모두 그런 그녀에게 감탄했다. 초연날, 나는 연극이 인기 있을 거라는 사실을 예감했다. 그렇지 않을 수 없는 상황이었고, 그녀가, 다니엘 다리외가 무대에 있었기 때문이다. 실제로 사람들은 그 연극을 좋아했다.

〈스웨덴의 성〉, 〈바이올린은 때때로〉, 〈발랑틴의 연보랏빛 옷〉. 나는 깨달았다. 내가 어느 멋진 스웨덴 성에서 지방의 호화로운 아파트로 미끄러져 들어가고, 그다음에는 파리 14구의 볼품없는 호텔 안으로 일거에 굴러떨어졌음을. 나는 볼품없는 호텔에서 다시 올라가기로 결심했다. 그리하여 상트페테르부르크로, 몰락했지만 호사스러운 어느 고귀한 백작의 저택으로 옮겨갔다. 나는 희곡 〈행복, 홀수와 후반수〉(후반수란 룰렛에서 1부터 36 사이의 숫자 중 후반부의 숫자를 뜻한다―옮긴이)를 썼다. 그리고 아주 선하고 아주 쾌활한 친구들, 즉 쥘리에트 그레코, 장 루이 트랭티냥(Jean-Louis Trintignant, 1930~, 프랑스의 연극배우·영화배우. 〈남과 여〉, 〈그리고 신은 여자를 창조했다〉, 〈세 가지 색―레드〉 등 수많은 영화에 출연했다―옮긴이), **다니엘 젤랭**(Daniel Gélin, 1921~2002, 프랑스의 배우―

옮긴이), 매우 소중하고 재능 있고 매력적이지만 지금은 고인이 된 미셸 드 레(Michel de Ré, 1923~1979, 프랑스의 배우―옮긴이)와 함께 어울리게 되었다. 알리스 코세아(Alice Cocéa, 1899~1970, 프랑스의 여배우. 〈델핀〉, 〈스트립티즈〉, 〈니콜과 그녀의 미덕〉 등의 영화에 출연했다―옮긴이)는, 내 기억에 그것이 그녀의 마지막 배역이었는데, 의붓어머니 역을 연기했고 우리 무리의 어머니 역할을 했다. 나로 말하자면, 급작스럽게 닥쳐온 편집증으로 말미암아 덜컥 연출을 하겠다고 나섰다. 담배를 피우면서 나눈, 예상치 못한 방향으로 전개된 어느 대화 말미에―그 대화가 나에게 얼마나 큰 불행을 몰고 올지 전혀 몰랐다―나는 삼십 년 전부터 사람들이 연출이라는 것을 완전히 과대평가하고 있다고, 전에는 몰리에르도 라신도 그런 것에 신경을 쓰지 않았다고, 또한 장 아누이(Jean Anouilh, 1910~1987, 프랑스의 극작가. 〈짐 없는 여행자〉, 〈투우사들의 왈츠〉, 〈종달새〉 등의 희곡을 남겼다―옮긴이)는 자신의 희곡 공연에서 직접 배우들을 훌륭하게 이끌어 그 사실을 잘 입증했다고 내뱉고 말았다! 나는 사람들이 현재 연출가들에게 인정하는 능력은 터무니없고 정당하지 않다고 선언했다. 그리고 증거를 보여주기 위해 내가 직접 지극히 신성한 그 책임을 떠맡게 되었다. 내 대화 상대는 물론, 유감스럽게도 나 자신까지 설득했던 것이다. 그리하여 우리는, 배우들과 나는 어느 아름다운 가을날 오후 나 말고 다른 사람의 지시는 전혀 없이 에두아르 7세 극단의 무대에 서게 되었다.

내가 한 발언이 전적으로 틀리기만 한 것은 아니었을 것이다. 그러나 나는 자신에 대해 착각하고 있었다. 나는 1. 장 아누이는 그럴 만한 권한이 있었다는 것, 2. 그는 횡설수설하지 않았다는 것, 3. 그는 연출을 하면서 배우들을 미래의 떠들썩한 술 파티 친구들로 간주하지 않았다는 것을 잊어버렸던 것이다. 반면 나는 그랬다. 우리 연극의 배우들은 재능과 열의가 있고 성실하게 노력했음에도 불구하고, 내가 연출을 맡자 연극은 즉시 갈피를 못 잡고 헤매기 시작했다. 에두아르 7세 극단은 사람들이 잘 아는 대로, 매력적인 '시로스' 바와 그와 비슷하게 매력적이고 언제나 열려 있는 러시아 식당 사이의 막다른 골목에 위치해 있었다. 우리는 즉시 피로시키(고기, 생선, 야채를 넣은 러시아 파이─옮긴이)와 보드카(우유부단한 연출가에게는 매우 유용한)를 경험했고, 무분별하게 웃어대기 시작했다. 연극 연습을 하는 두 달간 에두아르 7세 극단의 무대 뒤에서 벌어진 그런 난잡함을, 그런 사랑의 불장난을, 미친 듯한 웃음소리와 소란을 전에는 별로 본 적이 없다. 이제는 무척이나 멀어진 과거지만, 지금도 나는 그 과거에 대한 경쾌하고 즐거운 감회 없이는 그 막다른 골목 앞을 지나가지 못한다. 부끄러운 이야기지만 그때 일에 대해서는 털

끝만큼도 후회가 없다. 그러나…… 그러나 나는 내 배우들에게 그들의 시간을 낭비하게 했고, 제작자들(마리 벨이 클로드 제니아(Claude Génia, 1913~1979, 러시아 출신의 프랑스 여배우. 〈베베 동주의 진실〉, 〈내가 라스푸틴을 죽였다〉 등의 영화에 출연했다―옮긴이)와 연합했으므로)에게는 코펙(러시아의 화폐단위―옮긴이)을 잃어버리게 했다. 나 자신은 매우 매력적인 한 희곡 작품이 가질 수도 있던 명성을 잃어버렸다.

내 연출의 세련된 기교는 이를테면 쥘리에트 그레코가 예술가들을 위한 갈라 쇼를 위해 연습하다가 밧줄에서 떨어져 발을 삔 어느 오후에 절정에 달했다. 그녀는 그날 밤 내 연극의 2막에 합류해야 했다. 무대에는 미셸 드 레가 휠체어에 앉아 있었고, 장 루이 트랭티냥은 붕대를 감은 한쪽 팔을 가슴에 올리고 있었다. 결투 후 벌어진 장면이었다. 쥘리에트는 두 부상자 사이에서 삔 발을 수평으로 들어 올린 채 소파에 누워 있을 수밖에 없었다. 바로 그 지점에서 내 이성이 흔들렸다. 게다가 초연 전날 웬 낯모르는 남자가 극장으로 들어왔다(그런 사람들은 초연 전날 극장에 자주 나타난다). 미지의 남자는 자신의 의견을 거침없이 피력했을 뿐 아니라, 반쯤 귀머거리이기까지 했다. 총연습이 끝난 후, 그가 나에게 침울하게 말했다. "아무것도 들리지 않는군요." "네?" "내 생각에는 내일 관객들이 대사를 전혀 듣지 못할 것 같은데요." 내가 왜 그의 말을 믿었을까? 지금 생각해도 수수께끼다. 어쨌든 그날 나는 헌신적인 음향 기술자와 전기 기술자와 함께 그 미지의 남자가 권유한 초현대적인 스피커 시스템을 설치하느라 밤을 꼬박 새웠다. 기술자들이 서두르느라 세부 몇 가지를 잊은 것이 틀림없다. 왜냐하면 다음 날 첫 테스트에서 배우들이 입을 열자마자 스피커가 너무나 큰 소리로 지직거리는 바람에 모두 깜짝 놀랐기 때문이다. 역시 그러지 않는 편이 현명했다. 한편 제작자들이 스피커 비용을 지불할 수 없다고 거절하는 바람에 나는 그 현대적인 스피커 시스템 비용을 내 주머니에서 지불해야 했다. 그러자 배우들이 매우 친절하게도 내가 스피커 비용을 지불하는 것에 반대했다. 그런 기묘한 분위기에서 작품의 초연이 펼쳐졌다. 극장이 우주선으로 변하기라도한 듯, 마치 〈스타워즈〉의 한 장면처럼 지직거리는 소리, 우르릉거리는 소리가 진동했다. 1900년경 상트페테르부르크에서 벌어지는 이야기로서는 매우 시대착오적이었다. 관객들이 극장밖으로 나가기 시작했다. 어떤 사람은 겁먹은 말처럼 고개를 주억거리면서 나갔고, 어떤 사람은 양손의 집게손가락으로 귀를틀어막은 채 나갔다. 또 다른 사람은 얼굴을 찌푸린 채 괴로워하며 그 곤경에서 빠져나갔다. 그것은 평론가들도 마찬가지였고, 나는 또 한 번 실패를 경험했다.

그러나 덧붙이건대, 그 연극에 참여한 배우 한 사람 한 사람 덕분에 연극이 실패임에도 불구하고 비교적 만족스러워하는 관객들 앞에서 석 달 동안 공연을 계속할 수 있었다(결국 스피커는 떼어냈다). 무엇보다 내 태만 때문에 패배한 그 군대를 격려하는 것을 내 의무로 여긴 이상 그 석 달은 감미로웠다. 나는 그들을 격려하기 위해 그들과 함께 계속 피로시키를 삼기고 보드카를 들이켰다. 그리하여 우리는 파리에서 가장 기진맥진하고 가장 즐거운 무리가 되었다.

내 최고의 제작자 마리 벨은 그다지 즐거워하지 않았다. 그녀는 연극을 연습하는 동안 파리에 없었고, 따라서 배우들의 캐스팅에도, 무대장식에도 개입할 수 없었다. 물론 그녀는 그런 상황을 달가워하지 않았다. 연극 연습이 끝날 무렵 돌아온 그녀는 치명적이었던 초연날 결국 격노한 눈으로 나를 질겁하게 만들었다. 공연 후, 마리가 자신의 사무실로 나를 호출했다. 그녀는 클로드 제니아와 함께 마치 두 명의 파르카(로마 신화에 나오는 생사를 맡아보는 3여신—옮긴이)처럼 우뚝 서서 나를 기다리고 있었다.

어쩔 줄 몰라하는 표정으로 내가 들어가자 마리가 물었다.

"그래, 당신 만족해요?"

그녀의 목소리는 격분에 차 있었다(연극을 공연하는 동안 두 사람은 사무실에 있었고, 그래서 끔찍하게 윙윙거리는 소리를 스피커 탓으로 돌리고 있는 듯했다).

"그럭저럭요."

내가 조심스럽게 대답했다.

"이젠 어쩔 셈이에요?"

검은 시드 드레스(통이 좁고 몸에 꼭 맞는 드레스—옮긴이)를 입고 무거운 보석을 단, 격분한 표정의 멋진 마리가 물었다.

나는 만일을 위해 짐짓 영감이 떠오른 척하며 침착하게 말했다.

"아, 실은 조금 전에 다음 희곡의 첫 대사를 생각해냈어요. 들어보세요. '대체 무엇이 저 나무들이 저토록 무서운 소리를 내게 만드는 거지, 솜?' 나뭇가지에 부는 바람이 그러는 거예요, 부인.'"

나는 거기서 멈추었다. 마리가 그녀 평생에 처음이자 마지막으로 나에게 당황한 눈길을 던진 뒤 마지못해 물었다.

"그다음은 뭐죠?"

내가 대답했다.

"이게 전부예요. 시작 부분만 생각해뒀거든요."

나는 덧붙여 말했다.

"하지만 이번 연극과 같은 배우들, 같은 무대장치를 쓰면 될 거예요. 지금 상태에서 곧바로 시작하면 더러워질 틈도 없을 거

136

예요! 이번 연극은……."

거기까지 말하고 나는 급히 밖으로 달려나갔다. 상냥한 마리가 내 면전에 유리잔을 집어던지기 전에.

결국 이 년 뒤, 어느 연극의 초연을 위해 짐나즈 극단의 막이 올랐다. 무대 전경에서 한 영국 귀부인이 이렇게 말했다. "대체 무엇이 저 나무들이 저토록 무서운 소리를 내게 만드는 거지, 솜?" – "나뭇가지에 부는 바람이 그러는 거예요, 부인." 거짓말쟁이들이 말하는 것처럼, "연극이란 처음 두 대사만 생각해내면 다른 대사들은 술술 나오게 마련"이다. 연극 제목은 〈기절한 말(馬)〉이었다. 연극의 반응이 퍽 좋았다. 그 뒤에도 다른 연극들이 뒤따랐다. 그 연극들이 맞이한 다양한 운명을 상세히 이야기하면 지루해질 테니 여기서는 생략하겠다. 내 평생 가장 고약했던 실패가 마지막 희곡인 〈밤낮으로 날씨가 화창하다〉였다는 것만 말해두겠다.

그 초연날, 야회복을 입고 집을 나서려는데, 내 개가 안절부절 못하며 현관까지 따라왔다. 그러더니 내가 등 뒤로 문을 닫기 직전 갑자기 내 야회복에 구토를 하고 말았다. 나는 옷을 갈아입느라 늦어버렸다. 그래서 서둘러 차를 달리는 바람에 경찰관 두 명에게 족히 삼십 분은 붙잡혀 있었다. 마침내 극장에 도착한 나는 화려한 파리 사람 몇 명을 실어 나르던 '라 코메디 데 샹젤리제' 극장의 엘리베이터가 고장 나 10미터 아래로 추락했음을 알게 되었다. 엘리베이터는 내 초대객이기도 한 그들을 사방으로 팅 겨냈고, 그들은 건강까지는 아니더라도 기분이 상해버렸다. 게다가 공연이 진행되는 동안 더위까지 한몫하는 바람에 여자 관객 한 명이 기절했고, 많은 관객이 잠들었다. 연극이 끝난 후, 용감한 사람 여덟 명이 무대 뒤로 나에게 인사를 하러 왔지만, 언론으로 말하자면 극작가로서 내 재능에 대한 예전의 칭찬을 이구동성으로 부인했다.

　그런 경우 매번 그랬듯이, 나는 족히 이 주 동안은 즐겁게 휘파람을 불었다. 연극에서 또 한 번의 실패는 나에게 성공보다 훨씬 더 큰 흥분 작용을 했다. 성공한 경우에는 눈을 내리깔거나, 선웃음을 치거나, 겸손한 표정을 해야 한다. 그리고 배우들과 연출가를 가리키며 "저 때문이 아니에요. 이분들 덕분이에요. 아뇨, 여러분은 과찬을 하고 있어요…… 어쨌든 연극이 여러분 마음에 들었다니 매우 기뻐요……"라고 말해야 한다. 반대로 실패한 경우에는 우선 눈물을 흘리며 나를 둘러싸고 있는 동료들에게 이것이 세상의 끝이 아님을, 차드에서는 상황이 최악임을 (사강이 이 에세이를 쓰고 있던 1983년 차드에 대한 프랑스의 개입이 심각한 결과를 초래한 것을 암시한다—옮긴이), 그리고 우리가 두 달 동안 경험한 그 '출구 없는 방'이 지옥으로 통하지 않고 끝났음을 상기해야 한다(사르트르의 희곡 〈출구 없는 방〉에서 출구 없는 방은 지옥의 대기실이라고 한 것을 빗대어 표현한 말—옮긴이). 또한 다른 사람들, 내 낙담을 기뻐하는 심술궂은 친구들을 생각하여—안타깝게도 파리의 공공장소에는 언제나 그런 사람이 상당수 있다—기분 좋은 척하는 것이 절대적으로 필요하다. 연극계의 법칙은 바카라나 룰렛의 법칙과 공통점이 있다. 미소를 짓고 휘파람을 불면서 이렇게 말해야 한다. "그래요, 잘 안 되네요. 그렇죠? ……네, 일어날 수 있는 일이죠. 당신도 알잖아요. 나쁜 일들은 존재하게 마련이에요……." 그렇게 억지로 태연한 모습을 보이다 보면 어느덧 진짜로 그렇게 느껴진다. 어쨌거나 석 달 동안 애를 쓰고, 부산을 떨고, 소란을 피우고, 심사숙고를 하고, 실제적으로 작업을 거쳐 한 시간 반 분량의 공연을 해내는 일에는 영웅적이고 광기 어리고 부당하고 기이한 뭔가가, 한마디로 말해, 어떤 일이 일어나든 내가 카지노를 포기하지 못한 만큼이나 연극을 포기하지 못하게 하는 뭔가가 있다.

루돌프 누레예프

루돌프 누레예프(Rudolf Nureyev, 1938~1993)

구소련의 무용가·안무가. 1955년 레닌그라드 키로프 발레단에 입단하고 1958년 솔리스트가 되었다. 1961년 키로프 발레단의 파리 공연 때 오를리 공항에서 망명하여 서방세계에서 활동했다. 특히 마고트 폰테인의 상대역으로 영국 로열 발레단의 객원 무용수가 된 뒤 당대 최고의 남성 무용가로 이름을 떨쳤다. 러시아 고전 발레를 서유럽에 전했고 안무가로도 활약했다.

우리는 내가 모르는 도시인 암스테르담에서 역시 내가 모르는 사람인 루돌프 누레예프와 만나기로 약속했다. 그때는 3월 초였고, 그 평화로운 도시와 운하에 비가 억수같이 쏟아지고 있었다. 나는 그 유명한 사람과 무슨 이야기를 나눠야 할지 궁리하며 걱정스러워했다. 나는 그에게 경탄의 마음을 갖고 있었다. 그것은 막연한 경탄이었고, 발레 애호가의 견식 있는—그러니까 할 말이 많은—경탄은 아니었다. 나는 춤에 대해서 아무것도 몰랐고, 따라서 내 경탄은 그의 인간으로서의 아름다움과 파리의 무대에서 보여준 공연들에서 느낀 아름다움에 한정되었다. 나는 그가 조명 속으로 뛰어나오는 것을 보았다. 나는 그가 당당히 도약하며 솟아오르는 것을 보았다. 그의 도약과 그의 스텝이 다른 무용수들보다 더 아름답고, 더 활기차고, 더 멋지다고 느꼈다. 그 뒤, 밤에 우연히 나이트클럽에서 그를 만난 적이 있다. 그는 마치 몸에 날개라도 단 듯 빠르고 거침없는 몸놀림과 늑대의 얼굴, 러시아인의 웃음을 갖고 있었다. 그리하여 그는 밤에 놀러 다니는 우리 대가족의 일원이 되었다. 따라서 밤의 동지들 사이에서

통용되는 따뜻하고 의미 없는 말들을 그와 나누는 것은 쉬운 일이었다. 그러나 평온함 속에 웅크리고 있는 암스테르담에서는, 부르주아 레스토랑의 뜨뜻미지근한 질서 속에서는 그 마흔 살의 청년과 나 사이에 어떤 관계를 수립한다는 것이 불가능하게 느껴졌다. 루돌프 누레예프는 쾌활했고 많이 웃었다. 또한 사람들이 말하는 것과 달리 소탈하고 친절했다. 그가 좋은 분위기를 조성하기 위해 노력하는 것을 느낀 나는 겸연쩍어졌다. 정작 노력해야 할 사람은 나였는데 말이다. 손님들이 테이블로 와서 그에게 사인을 부탁했고, 그는 쾌히 사인을 해주었다. 그런 다음에는 빈정거리는 듯한 미소를 띠면서 신랄한 말을 늘어놓았다. 그일로 말미암아 나는 그가 신랄한 성격을 가진 사람이라고 판단하고 무기력해졌다. 택시 몇 대를 보내고, 암스테르담에 존재하지 않는 혹은 적어도 그날 밤 우리에게 존재하지 않은 하얀 밤을 붙잡아보기 위한 몇 번의 헛된 시도 끝에 나는 새벽 두 시경 피곤하고 조금 실망한 마음으로, 그런 마음이 그로부터 나온 것인지, 아니면 나로부터 나온 것인지도 알지 못한 채 호텔 로비의 안락의자에 그와 함께 앉았다. 잠시 후, 누레예프에게 내 생각에는 그런 것 같은데 당신은 사람들을 사랑하냐고, 당신의 삶을 사랑하냐고 물었다. 그가 대답하기 위해 앞쪽으로 몸을 기울였는데, 아까 그 빈정거리고 신랄했던 얼굴이 갑자기 무장해제되더니, 진실을 말하고 잘 설명해야겠다는 생각에 염려하는 어린아이의 얼굴, 다정다감하고 영리한 얼굴, 자신이 받을 수 있는 모든 질문에 활짝 열린 얼굴이 되었다.

　우리는 암스테르담에 사흘간 머물렀다. 사흘 동안 우리는 누레예프와 점심 식사도 하고 저녁 식사도 했다. 사흘 동안 우리는 줄곧 누레예프를 따라다녔고, 그는 변함없이 가볍고 스스럼없는 우아함을 보여주었다. 그 우아함은 나 같은 버릇없는 어린아이의 가혹한 일정에 비추어볼 때, 친절한 배려심의 절정이었다. 내가 그에게 했던 질문도, 그가 한 대답도 이제는 정확히 기억나지 않는다. 아무튼 내가 한 질문은 퍽이나 모호했던 것 같다. 그러나 그 질문에 대한 대답에는, 내가 확신하건대 정확성, 아니 보기 드문 성실성이 있었다. 누레예프의 입에서는 동사 하나가 여러 번 반복되어 나왔다. 그 동사는 'fulfil'이었다. "I want to fulfil my life(나는 내 삶을 완수하고 싶어요)." 그가 말했다. 그리고 "to fulfil this life(이 삶을 완수하기 위해)" 춤이, 그의 예술이 존재했다. 존재하고, 언제나 존재할 터였다. 그는 야만인들이 자신들의 토템에 대해 이야기할 때처럼 불안스러운 존중심을 지닌 채 자신의 예술에 대해 이야기했다. 누레예프는 여섯 살 때 고향 시베리아의 벽지에서 〈백조의 호수〉 공연을 보고 무용수가 되기로 결심했다. 그 후 십일 년 동안 그 결심을 스스로에게 증명할 수 있는 순간은 없었지만 그는 자신이 무용수가 되리라는 것을 알았다. 그가 살던 마을에는 무용 강습 같은 것이 전혀 없었고, 그는 민속예술 공연이 있을 때만 대중에게 자신의 춤을 보여줄 수 있었다. 마침내 사람들이 누레예프를 발견하고 인정했다. 그리고 누레예프는 레닌그라드인지 모스크바인지로 갔다. 거기서 이삼 년 만에 무용의 기초를, 모든 엄격한 규율과 가차 없는 메커니즘을 열정적으로 배웠다. 그는 삼 년 동안 휴식을 취하지 않았다. 앉을 시간, 자리에 누울 시간, 잠잘 시간, 다시 말해 자신의 근육들을 이완시킬 시간이 없었다. 동료들처럼 큰 키에 유연한 몸매, 우아한 날씬함을 획득할 시간이 없었다. 그는 몸통은 작고 팔다리는 긴 사람이 되었다. 실제로 누레예프의 다리는 매우 강했고, 그와 비슷한 키의 남자들에 비해서 드물게도 매우 길었다. 그런 형태의 다리가 그에게 믿을 수 없을 만큼 활기찬 인상을 부여했다. 다른 한편으로 그의 상체, 팔, 목은 너무나 가볍게 하늘을 향해 날씬하게 뻗어 있었다. 그 삼 년이 지난 후, 사람들은 그를 러시아 전체에서 가장 훌륭한 무용수로, 으뜸가는 유일한 무용수로 인정했다. 그즈음 멀리 유럽으로 순회공연을 떠났던 그의 동료들이 토막토막 잘린 허술한 8mm 단편영화 필름들을 가지고 돌아왔다. 그들은 유럽에서 다른 사람들이 추는 춤을, 다른 사람들이 고안한 춤을 영화로 찍어왔던 것이다. 그 모든 것은 그가 결코 알지 못했던 훌륭한 것이었고, 그 일로 인해 누레예프는 영혼과 의식 깊은 곳에서부터 자기 자신을 정말로 최고라고 느끼지 못하게 된다. 모스크바를 떠나는, 고향과 친지들로부터 영원히 자신을 격리시키는 비행기를 타면서 누레예프가 꿈꾼 것은 자유도 아니었고, 호화로운 생활도 아니었고, 즐거운 파티도 아니었고, 명예도 아니었다. 그가 꿈꾼 것은 발란친(George Balanchine, 1904~1983, 러시아 출신의 미국 무용가·안무가. 아메리칸 발레학교를 세우고 아메리칸 발레단, 뉴욕 시티 발레단을 결성하였다. 미국 발레의 육성과 발전에 힘썼고 수많은 작품을 만들었다―옮긴이), 발란친의 혁신, 발란친의 대담한 예술이었다. 물론 그 선택은 누레예프가 열여덟 살 이후 다시는 만나지 못하고 전화로만 연락했던 어머니나 누이들에 대해 사람들이 이야기할 때 그의 얼굴이 굳어지고 그 생각을 하는 것만으로도 벙어리가 되는 이유를 제공했다. 그러나 누레예프는 단 한순간도 조국을 떠난 일을 후회하지 않았다. 누레예프는 한 인간의 유일한 조국, 유일한 가족은 그의 예술이라는 낭만적이지만 상투적인 문구의 아주 훌륭한 예인지도 모르겠다. 파리에 도착한 이후, 그러니까 열여덟 살 이후, 그는 쉬지 않고 음악을 통해 자신의 육체에 열린 모든 가능성을 찾아내고, 시험하고, 심화하고, 창조해냈다. 각지에서 춤을 추고, 당당하게 인정을 받고, 성공을 거두었다. 그러나 누레예프가 사람들에게 새로운 볼거리들을 보여주기 위해 부단히 노력한 이유는 생생하고 때로는 어려운 현대 예술을 대중에게 알리기 위해서였다. 오직 그만이 속물적이고 기성 체제에 순응하는 대중에게 새로운 예술을 부과할 수 있었다. 그는 도처로, 이 도시에서 저 도시로 갔다. 비행기, 호텔, 기차에서 많은 시간을 보냈고, 한순간도 멈추지 않았다. 누레예프의 사생활은 그의 육체처럼 자신이 부과하는 리듬에 복종했다. 그에게는 많은 친구가 있었지만 친구 한 명 없었고, 많은 사랑이 있었지만 사랑 한 번 없었다. 그는 고독했지만, 가지고 다니는 유일한 짐이 카세트테이프로 가득한 여행가방인 이상 결코 고독이라고 할 수 없었다. 그 가방은 도처로 그와 동행했다. 누레예프는 밤에 뉴욕의 호텔 방으로 돌아온다. 그가 전날 베를린에서 떠나온 호텔 방과 비슷한, 그리고 내일 런던에서 묵게 될 호텔 방과 비슷한 방이다. 그는 신발을 벗어던지고 침대에 몸을 길게 누인 뒤, 도시의 소음에 귀를 기울인다. 한 손을 뻗어 버튼을 누른다. 말러 혹은 차이콥스키의 음악이 흘러나오고, 방은 유년의 방, 청춘의 방으로 변한다. 그리고 앞으로 그가 지낼 평생의 방이 된다. 따뜻하고 친숙한 그 방은 누레예프의 몽상의 유일한 요람이 된다.

　다음 날 사람들은 그에게 박수갈채를 보낸다(그는 박수갈채를 좋아한다. 그것을 필요로 하며, 부끄러움이나 수치심 없이 그 말을 한다). 사람들은 그가 일으킨 기적에 혹은 그가 안겨준 실망에 고함을 지르기도 했고, 그가 가장 위대하다고 혹은 더 이상 위대하지 않다고 말하기도 했다. 또한 사람들은 낮은 목소리로 그의 무분별한 행동을, 그에 대한 추문과 그의 교만한 태도를 수군거렸다. 그러나 누레예프는 그런 일에 아랑곳하지 않았다. 그에게 현실이란 탐욕스럽고 충실한 군중이 아니며, 군중이 퍼뜨리는 소문도 아니다. 그에게 현실은 넓은 대양을 끊임없이 가로지르는 눈멀고 귀머거리인 커다란 비행기들이 아니다. 서로 닮은 그 호텔 방들도 아니고, 그가 땀과 분장이 뒤범벅된 수 킬로그램의 피로를 내던지려 하는 침대들도 아니다(그는 이렇게 말했다. "침대는 가장 좋은, 가장 충실하고 상냥한 애인이지요."). 그에게 현실은 저항할 수 없을 만큼 똑같은, 모든 도시 한가운데에 자리 잡고 있는 스튜디오에서 오후에 보내는 세 시간 혹은 여섯 시간이다.

어느 오후, 우리는 암스테르담에서 연습을 하고 있는 누레예프를 보러 갔다. 물빛 초록색과 밤색으로 칠해진 쓸쓸하고 더러운 스튜디오였다. 스튜디오에는 얼룩덜룩한 거울들과 시끄러운 소리가 나는 마루가 있었다. 세상의 다른 스튜디오들과 똑같은 스튜디오였다. 누레예프는 타이츠 위에 색이 바래고 구멍 난 양털 스웨터를 걸치고 있었고, 전축 한 대가 삐걱거리며 바흐의 음악을 더듬더듬 토해내고 있었다. 그는 우리를 보자 동작을 멈추더니, 농담 한마디를 던지고 땀을 닦았다. 나는 그가 마치 마부들이 말을 돌볼 때처럼 조금 거칠고 기묘하게 초연한 몸짓으로 자신의 목덜미를 훔치고 상반신과 얼굴을 닦는 모습을 보았다. 잠시 후 누레예프는 손가락이 노출되는 장갑과 스웨터를 벗은 뒤, 레코드판을 처음부터 다시 틀었다. 이윽고 미소를 지으며 스튜디오 중앙에 가서 섰다. 음악이 시작되었다. 그는 미소를 그치고 두 팔을 벌려 포즈를 취했다. 거울에 비친 자신의 모습을 바라보았다. 아, 나는 누군가가 그런 식으로 자기 자신을 바라보는 모습을 한 번도 본 적이 없다. 사람들은 대개 두려워하며, 황홀해하며, 혹은 쭈뼛거리거나 수줍어하며 거울 속 자기 모습을 바라본다. 누레예프처럼 마치 낯선 사람을 보듯 자기 자신을 바라보지 않는다. 그는 자신의 몸, 머리, 목의 움직임을 관찰했다. 나에게는 전혀 새로운, 객관적이고 호의 어린 냉정한 눈빛으로. 그가 도약했다. 그가 허공을 향해 자신의 육체를 던졌다. 그리고 완벽한 아라베스크(한 발로 서서 한 손은 앞으로 뻗고 다른 한 손과 다리는 뒤로 뻗은 자세—옮긴이)를 그렸다. 그런 다음 멋진 포즈로 두 팔을 뻗은 채 바닥에 무릎을 꿇었다. 고양이처럼 민첩하고 우아하게 그 동작을 완수했다. 한 육체에서 연합된 남자다움과 우아함이 거울에 비쳤다. 연습 동작을 할 때마다 그의 육체는 음악의 영향을 받고 음악에 배어들었으며, 점점 더 빠르게, 점점 더 높

150

게 움직였다. 마치 내면의 몽상 속에서 우리가 알지 못하는 신들의 힘에 휩쓸리는 것만 같았다. 그러는 동안에도 그는 똑같은 눈길을 자기 자신에게 던졌다. 주인이 하인에게 던지는 눈길, 하인이 주인에게 던지는 눈길, 정의할 수 없고 까다로운, 때로는 상냥하게 보이기도 하는 눈길을. 그는 똑같은 동작을 두 번, 세 번 반복했다. 동작들은 매번 달랐고, 다른 아름다움을 지니고 있었다. 음악이 그쳤다. 아니, 그는 일상생활과 다른 어떤 것을 통해 완수한 실로 절대적인 몸짓으로 음악을 멈추게 했다. 그는 미소를 지으며 우리 쪽을 다시 보았고, 몸을 떨고 숨을 헐떡거리며 아까와 똑같이 방심한 몸짓으로 자신의 육체, 아니 땀에 흠뻑 젖은 그 도구를 닦았다. 그가 'fulfil'이라는 동사를 통해 의미했던 것이 막연하게나마 이해되었다.

그 후에는 물론 암스테르담의 운하 가장자리를 깡충거리며 달리는 누레예프가 있었고, 영원히 청년인 누레예프, 매력과 까다로움을 차례로 보여주는, 때로는 형제처럼 따뜻하고 때로는 적대적인 땅에서 쫓기는 이방인처럼 폐쇄적인 누레예프가 있었다. 그는 매력적이고, 너그럽고, 감수성과 상상력이 넘쳐흘렀다. 그러므로 그에게는 오백 개의 서로 다른 특성이 있었고, 그것에 대한 오천 개의 심리학적 설명이 가능했다. 물론 나는 천재성을 부여받은 루돌프 누레예프라는 그 동물에 대해 많은 것을 이해했다고 생각하지 않는다. 그러나 만일 내가 그 남자에 대한 정의 하나를 찾아내야 한다면, 혹은 좀 더 정확히 그를 정의하는 하나의 태도를, 상징적인 태도를 찾아내야 한다면, 나는 다음의 표현보다 나은 것을 찾아내지 못할 것이다. 타이츠를 입은 외롭고 아름다운 남자. 발끝으로 선 채 의심쩍어하면서도 감탄하는 눈길로 흐린 거울 속을, 자기 예술의 영상을 응시하는 반라(半裸)의 남자.

생트로페

6월 중순이다…… 초여름의 저녁 여섯 시, 나는 생트로페 라 퐁슈 호텔의 테라스에 앉아 있다. 그러나 머리 위 하늘은 납처럼 무거운 잿빛이고, 아주 가느다란 장밋빛 광선조차 스며들지 않는다.

나는 발이 물웅덩이 속에 잠기는 것을 피하기 위해 의자 위에 두 발을 올려놓고 있다. 무릎 위에는 책 한 권이 놓여 있다. 나는 한 시간 전부터 그 책을 읽으려고 애쓰지만 똑같은 페이지에 머물러 있다. 비 오는 여름날의 우스꽝스러운 차림새를 한 행인들이 내 눈앞을 지나간다. 반바지에 모자 달린 방수 재킷을 걸치고 이유 없이 벌을 받은 어린아이 같은 표정을 한 행인들이다. 내 오른쪽에 놓인 조그만 원탁 위에는 얼음조각 하나가 미지근한 레모네이드 속에서 녹고 있다. 레모네이드는 다시 내리기 시작하여 내 머리칼과 뺨 위를 미끄러지는, 그리하여 그 비를 피해 일어나지 않을 수 없게 하는 비처럼 미지근하다. 일주일 전 어느 아침, 여느 다른 아침처럼 비가 끊임없이 내리던, 행인들이 초조하고 낙담하고 당황한 표정을 하던 아침, 도시가 지쳐버리고 하늘이 다른 곳에 가 있는 듯했던 아침, 나는 파리의 내 침대에서 일어나 (언제나 그렇듯이) 바다를 향해, 다시 말해 생트로페로 도망쳐왔다. 그런데 내 평생 처음으로 리옹에서 구름들이 흩어지지 않았고, 발랑스(프랑스 론알프 주의 도시. 리옹 남쪽 90km, 론 강동쪽 연안에 위치한다—옮긴이)에서도, 모르 산맥(프랑스 남부에 있는 작은 산맥—옮긴이)에 와서도 사라지지 않았다. 나는 이곳의 만(灣)에서 평생 처음으로 수도 파리와 똑같은 하늘을 보았다. 지중해에서 센 강가와 똑같은 납빛의 하늘을 보았다. 거리에는 온통 비가 내렸다. 지금 여전히 비가 내리고 있는 것처럼. 봄은 없었고, 여름도 없을 터였다. 두려움, 슬픔, 울적함이 사라진 태양을 좇아 천 킬로미터 동안 나와 함께 달린 것이다. 6월이었고, 1980년이었다. 그 유명한 2000년이 되려면 아직 이십 년이나 남아 있었다. 사람들이 믿어주지 않는 많은 예언자들에 따르면, 인류는 2000년 이후까지 살아남지 못할 것이라 한다. 그 예언자들에 따르면, 우리 인간은 물질과학의 희생자, 정신에 대한 무지의 희생자이며, 실수에서 실수로, 광기에서 광기로 치닫는 어느 선택받은 자 혹은 정신 나간 미천한 자가 너무나 아름다운 이 지구를 파괴하고 불태우는 일도 가능하다고 한다. 그리고 우리가 어리석게도 고열에 타서 죽는 것도 가능하다고 한다. 아무도, 심지어 좀 더 시간이 지난 후에도 왜 그렇게 되었는지, 어떻게 그렇게 되었는지, 누구에 의해 그렇게 되었는지 알지 못한 채.

　하지만 나는 바르(프랑스 남부 프로방스알프코트다쥐르 주의 지역 이름—옮긴이)에 있는 생트로페라는 평화로운 작은 마을과 나 사이의 감정적 관계, 과거에 그랬고 지금 그러하고 앞으로도 그러할 그 희비극에 대해 여러분에게 이야기하겠다. 나는 그것을 몇 개의 막과 장으로 구성하여 여러분에게 묘사하겠다. 정확히 몇 개의 막과 장이 될지는 이야기할 수 없다. 기억은 상상만큼이나 광기와 예상치 못한 특성을 갖고 있으니 말이다. 또한 나는 사실에 대한 전적인 객관성도 전적인 진실성도 보장할 수 없다. 다만 현재의 내 성실성만 보장할 수 있을 뿐이다. 그것은 그 도시에, 아니 그 마을에 전혀 해롭지 않다. 그 마을은 자신을 사랑하는 사람들에게(그들의 나이가 어떠하든 그리고 오늘날에도 여전히) 추억의 과대망상을, 광적인 쾌활함이나 광적인 우울함으로 인해, 다시 말해 그들의 감수성으로 인해 언제나 과거에 대한 강한 편집증을 불러일으키니 말이다. 생트로페는 몽상을, 부드럽거나 딱딱한 광기를, 세상의 다른 어느 곳도 촉발할 수 없는 어떤 것을 즉각적으로 촉발시키는 곳이다. 그리고 여기에 나 자신의 희극이 있다.

1막

시간적 배경은 1954년 혹은 1955년이다. 무대는 창백한 파란
빛에 감싸인 어느 아침의 어느 작은 항구이다. 계절은 봄이다.
컨버터블 자동차, 먼지가 뒤덮인 오래된 재규어 X/440이 항구
에 막 도착한 참이다. 운전석에는 머리가 헝클어진 한 젊은 남자
(내 오빠)가 앉아 있고, 그 옆에는 역시 머리가 헝클어진 젊은 여
자(나)가 앉아 있다. 두 주인공은 빨간 눈을 강렬한 조명 아래에
서 깜박이고 있다. 그들은 7번 국도를 타고 내려왔다. 7번 국도
는 커브가 많고 잘 보존되지 못한 긴 오솔길로, 주거지역을 가로
지르고, 마을 속을 배회하고, 카페들 앞에서 멈춰 선다. 그 국도
를 이용하는 사람들은 자기들 마음대로 행동하는 습관이 있었
다. 그들은 원하는 곳에 멈춰 섰고, 주유원들—아직 기계화가 이
루어지지 않아 토큰을 사용할 수 없다—과 함께 잡담을 나누었
다. 게다가 그들은 풀밭 속에, 나무 아래에, 모든 '휴식 공간' 이
외의 지역에 거리낌 없이 차를 세웠다. 그 길은 군데군데 파헤쳐
진 데다 양측 통행이라 자동차 운전자들이 앞에서 오는 차량을
들이받는 사고도 자주 일어났다. 운명을 걸고 달려야 하는 이 길
의 유일한 이점은 통행료가 없다는 것뿐이다.

오늘날에는 상상도 할 수 없는 시대착오적인 그 도로에서 기적적으로 살아 나온 그 두 젊은이가 자동차에서 내려 그곳의 유일한 부동산 중개소를 향해 다가간다. 얼마 후 그들은 마도 할멈이 운영하는 '에스칼'이라는, 항구에 있는 유일한 바에, 나무 냄새, 살충제 냄새, 레모네이드 냄새가 나는 시골의 어두운 카페에 가서 술을 마시며 자신들의 이사를 축하하게 된다. 오후에는 그곳의 유일한 옷가게 '바송'에 가서 그들의 파리 식 옷차림을 염색하지 않은 천연 상태 그대로의 옷감으로 만든 옷과 끈 달린 즈크 신발로 바꿀 것이다. 그 가게는 상냥한 한 여자와 그녀의 가족이 운영하는데, 그 가족은 프랑스의 이백 가족(프랑스의 경제계를 선두에서 지휘하고 있다고 일컬어지는 대기업들을 뜻함—옮긴이) 중 하나에 비견할 만한 지위를 가진 그 도시의 다섯 가족 중 하나다. 1막에서 두 등장인물은 장면들의 빠른 연결 속에서 똑같이 비어 있고 아름다우며 마을의 균형감 있고 안정감 있는 유일한 요소, 즉 파랗고 잔잔한 물 위에 자리 잡은 여덟 채 혹은 열 채의 집을 보러 간다. 그들은 가장 크고 '라 퐁슈'(그 지역 방언으로 하면 '어부들의 항구'라는 뜻)에서 가장 가까운 별장을 선택하여 거기에 정착한다. 처음에는 두 사람뿐이었지만, 얼마 지나지 않아 창백한 친구들, 도시의 희생자들, 7번 국도의 예기치 못한 사건과 위험에 맞서가며 자동차를 타고 온 용감한 친구들이 합류한다. 그 방황하는 파리 사람들은 '라 퐁슈'의 바에 자리를 잡고 앉는다. 그들은 왼쪽으로는 콘서트 속에서(간단히 말해 그들의 감미로운 사투리로 이루어진 콘서트 속에서) 뜨개질을 하는 그 지역의 나이 든 여성들을 바라보면서, 오른쪽 멀리로는 생트막심의 초록빛과 파란빛의 해안과 그 가장자리에 서 있는 집들이 이루는 하얀 점들을 바라보면서, 고깃배들과 그 배들의 색 바랜 돛들을 바라보면서 피로한(스무 살 그들의 특권인 멋있는 피로) 눈을 쉰다. 어부들은 물고기를 잡으러 바다로 나간다. "파란 파도 속을 뛰어노는 만새기들을, 금빛 물고기들을, 노래하는 그 물고기들을……." 랭보는 이렇게 노래했다. 어부들은 새벽녘 단조로운 바다로부터 돌아온다. 모터의 격렬하면서도 무미건조한 리듬에 몸을 실은 채. 이것은 왼쪽에 평화롭게 뜨개질하는 여인들만 보이고 오른쪽에 무기력한 뱃사람들만 보이는, 내 생트로페 연극의 유일한 여름이고 유일한 장(場)일 것이다. 사람들이 일하는 모습이 보이는 유일한 여름, 고요함이 마을을 지배하는 유일한 여름.

2막

2막이 시작되면 반대로 바캉스, 여가 시간, 무위안일이 집의 왼쪽과 마찬가지로 오른쪽에서도 가차 없이 그들의 활동을 약화시키는 모습이 보인다. 왼쪽에 흥분하여 엉망진창인 무리가 보인다. 수영을 하려는 도시의 나이아스(그리스 신화에 나오는 강이나 샘에 사는 물의 요정—옮긴이)들이 이 가게 저 가게로 수영복을 찾아 뛰어다니고, 오른쪽 발동기 보트에서는 오백 미터 떨어진 모래사장에 빨리 드러누우려는 보잘것없는 야망에 사로잡혀 엄청난 야단법석 속에서 서둘러대는 젊은이들의 외침이 솟아오른다. 그것은 생트로페의 제일가는 미덕이자 제일가는 결점이기도 하다. 생트로페는 역할을 뒤집고, 프랑스어 단어에서 그 첫번째 정의들을 제거한다. 이 문제에 대해서는 나중에 다시 이야기하겠다……. 이 모든 것을 이야기하는 이유는 생트로페의 그 집에서 친구들과 내가 정상적이었던 해가 그해뿐이었다는 것을 말하기 위해서다. 우리가 진정으로 속했던 (물론) 생트로페에서의 그해, 그곳의 바다를, 그곳의 모래를, 그곳의 고독과 그곳의 아름다움을 실컷 만끽하는 사람이 우리뿐이었던 그해 말이다. 그곳 주민들의 친절함과 인내심을 만끽하는 사람도 우리뿐이었고, 새벽에 골목길에서 자동차 클랙슨을 울린 사람도 우리뿐이었으며, 불량배들을 흉내 내 경찰 두 명을 웃게 만든 사람도 우리뿐이었다. 그해는 누군가의 입에서 나온 '파다(fada, 남프랑스의 방언. 머리가 좀 모자라는 사람을 일컫는다—옮긴이)'라는 단어가 아직 파뇰(Marcel Pagnol, 1895~1974, 프랑스의 작가·영화감독. 유머와 건전한 풍자로 호평을 받았으며 특히 자신의 고향인 프랑스 남부지방을 무대로

한 따뜻한 작품들로 유명하다―옮긴이)에 대한 통속적이고 조잡한 흉내로 여겨지지 않았던 해이기도 했다(두 번째 해부터는 그렇게 여겨져서 우리가 즐겨 쓰는 어휘에서 삭제되었다).

2막의 2장에서는 사건들이 빠르게 전개된다. 이미 내 기억이 엉켜들고 있다……. 바딤(Roger Vadim, 1928~2000, 프랑스의 영화감독. 〈순진한 악녀〉, 〈악덕과 미덕〉, 〈바바렐라〉 등의 영화를 연출했으며, 브리지트 바르도, 카트린 드뇌브 등을 자신의 영화에 출연시켜 스타로 만들었다―옮긴이)이 그 항구에 〈그리고 신은 여자를 창조했다〉(로제 바딤 감독의 1956년 작 영화. 작은 마을 생트로페를 배경으로 양부모와 함께 사는 18세 소녀 쥘리에트의 사랑 이야기를 다루고 있다. 브리지트 바르도의 관능적인 연기, 선명한 색조와 아름다운 배경을 솜씨 있게 조화시켰다―옮긴이)를 촬영하러 왔다. 브리지트 바르도가 라 마드라그 별장을 샀고 장 루이 트랭티냥과 사랑에 빠졌다. 알렉상드르 아스트뤽(Alexandre Astruc, 1923~, 프랑스의 시나리오 작가·영화감독―옮긴이)이 나와 협력하여 기막힌 영화 한 편을 만들기로 결심했다. 미셸 마뉴는 우리의 큰 집에 있는 음조가 맞지 않는 오래된 오르간으로 호른과 바순을 위한 교향곡을 작곡했다. 바르비에 나무로 된 바와 여덟 개의 나무 걸상이 전부였던 '어부들의 바' 바깥에 테이블 몇 개를 더 내다놓았다(그들의 가게는 오늘날 '라 퐁슈 호

162

텔'로 변했지만, 거기에는 남편 알베르의 혼과 그의 아내의 기막힌 유머 감각이 여전히 불침번을 서고 있다). 꼭 해야 할 이야기가 하나 있다. 창조적이고 속박에서 벗어난 그들 젊은이들이 여름이 끝나갈 무렵 그 집에 모였다. 영화감독 바딤은 거기에 자신의 카메라와 영화 촬영에 지친 자신의 영혼을 놓아두었다. 남자 배우 크리스티앙 마르캉(Christian Marquand, 1927~2000, 프랑스의 영화배우. 〈미녀와 야수〉, 〈그리고 신은 여자를 창조했다〉, 〈더러운 손〉 등의 영화에 출연했다—옮긴이)이 거기에 자신의 커다란 몸뚱어리와 방탕한 인간의 무사태평함을 놓아두었다. 특유의 웃음과 초등학생 같은 부산함도. 영화는 아주 빠르게 완성되어 파리의 열 개 영화관에 걸렸고, 그야말로 '대성공을 거두었다'. 그러나 흔히 그렇듯 다음 해는 불행의 해가 된다.

3막

다음 해, 영광의 태양(무엇보다도 높이 떠오른 그것, 둥글고 온후한 태양이라는 별), 꿰뚫는 듯하고 타락한 영광의 태양이 생트로페를 덮친다. 생트로페는 갑자기 쾌락의 수도가 된다. '쾌락'이라는 표현이 자동적으로 '부정한'이라는 형용사에 연결되려면, 그리고 '부정한'이라는 형용사가 '불가피한'이라는 표현으로 대체되려면 1960년까지 기다려야 한다. 그때까지 무도덕을, 방탕을, 기초적인 성(性)의 법칙을 모르고 있던—다시 말해 빈약한 수영복 속에서 혹은 넓은 시야 속에서—프랑스의 기계인간들은 때로는 '쾌락'과 '부정한'이라는 단어가 서로 결부되지 않을 수도 있다는 사실을 모른 채 메카나 카노사로 가는(교황에게 간다는 의미—옮긴이) 순례자처럼 생트로페로 달려왔다. 어쨌거나 그들은 '구릿빛으로 그을린' 영화제작자, 음악가, 배우, 영화감독, 작가들을 뒤쫓아 대문자 F로 쓰인 축제(요란하고 유쾌한 소동을 의미함—옮긴이)를 향해, 그리고 그들의 행보에 대한 자잘한 사실들을 취재하기 위해 그곳에 왔던 것이다(『파리마치』, 『프랑스디망슈』).

  상징적인 두발짐승인 우리는 그을린 피부 밑에서 쓴웃음을 웃기 시작한다. 이제 우리도 바송 앞에 줄을 서야 한다. 그리고 우리는 항구 근처에 새로 문을 연 두 곳의 다른 옷가게 '쇼즈' 혹은 '미크마크'에 가서 뿌루퉁해한다. 마찬가지로 땅값이 올라 벼락부자가 된 펠릭스가 이제는 직접 낚아 올리지 않는 바닷가재를 '타히티' 식당에서 먹으면서 원가 이상의 값을 지불해야 한다. 물론 생트로페는 아직 우리에게 속하고, 상인들과 땅주인들은 그 도시의 매력들을 개발한다. 그들은 언제나 다소간 헌신적이고 비용을 많이 요구하는 우리의 기식자들이다. 그들은 우리가 젊은 동방박사들처럼 늘 그들에게 가져다주는 만나(여호와가 이스라엘 백성에게 내린 신비의 양식—옮긴이)에 고마움을 표현한다. 그러나 우리는 더 이상 그 해변에 우리끼리만 있지 못한다. 금빛의 낮, 하얀 밤, 어슴푸레한 빛 속의 미친 듯한 웃음, 골목길에서의 추격, 기약 없는 사랑과 의미 없는 무분별은 더 이상 우리의 전매특허가 아니다. 우리가 비난받은 그 광적인 방탕함에 대해 말하자면, 이제 우리는 다른 사람들이 그것을 행하는 모습을 바라본다. 물론 그들에게는 우아함도 진솔함도 없다.

어마어마하고 광적인 돈 낭비가 여봐란듯이, 그리고 매우 빠르게 일어난다. 성공은 여전히 유혹적이고, 탐욕이나 능란함 혹은 기회주의가 아닌 다른 것을 통해 여전히 가치를 인정받는다. 물론 우리 또래의 빈털터리 펠릭스, 로제 그리고 프랑수아가 '레스키나드'를 개점할 때, 그것을 '타바랭'이나 '타부'만큼 성공적인 클럽으로 성공시켰을 때, 그 성공은 아직 불확실하고 달콤한 데가 있었다. 그들 모두 정신이 조금 나갔고, 빈털터리이고, 경솔하고, 매우 매력적인 사람들인 이상 말이다. 아마도 그들은 제라르 드 빌리에(Gérard de Villiers, 1929~, 프랑스의 추리소설 작가. 『백야의 마녀』, 『베를린 검문소』 등의 작품을 남겼다—옮긴이)보다는 피츠제럴드(Scott Fitzgerald, 1896~1940, 미국의 소설가. 밀주로 거부가 된 주인공의 비극적 생애를 그린 소설 『위대한 개츠비』로 유명하다. 그의 작품에는 상류사회의 화려한 술 파티 장면이 자주 등장한다—옮긴이) 풍에 더 가까운 마지막 바텐더들일 것이다.

　그렇다, 그러나…… 이 년 후가 되면 돈은 벌써 거기에 자리를 잡는다. 변장해봐야, 웃통을 벗어봐야, 바람을 맞으며 요트의 돛 밑으로 혹은 부르릉거리는 페라리의 보닛 밑으로 돌진해봐야 소용없다. 타락한 놀이를, 스포츠를, 혹은 예술적이거나 환경보호적인 놀이를 즐겨봐야 소용없다. 그래도 돈을 쉽게 알아볼 수 있다. 그것은 도시 한복판에 있다. 그것은 쉬프랑(Pierre André de Suffren, 1729~1788, 프랑스의 해군제독. 생트로페의 광장에 그의 동상이 있다—옮긴이)의 평화로운 외관 밑에 숨겨진 채 모든 것을 감시한다. 그것은 모든 것을 장악한다. 경찰들은 더 이상 '파다'라고 말하지 않으며, 사람들은 더 이상 새벽에 고깃배로 생선을 사러 가지 않는다. 사람들은 항구에 앉아 있는 뱃사람들에게 "이봐요, 내일 날씨가 어떨까요?" 하고 묻지 않게 되었고, "어이, 파스티스(아니스 향료를 넣은 술—옮긴이)라도 한잔하겠소?" 하고 물어 그들을 귀찮게 하지도 않게 되었다. 우리 중 누군가는 벌써 밤 시간에 노르망디에 대해 이야기하기 시작한다…….

4막 1, 2, 3, 4장

겨우내 상황은 빠르게 악화되었다. 한 번의 겨울이었는지, 아니면 두 번의 겨울이었는지 잘 모르겠다……. 혈색이 좋고 유명한 생트로페 주민들(왜냐하면 그들이 청구서를 내미니까), 그리고 존경받을 만한 외국인들(왜냐하면 그들이 청구서에 적힌 금액을 지불하니까)은 도시 안을 어슬렁거리는 얼마 남지 않은 무상함을 파괴해버렸다. 온순하고 상징적인 두발짐승인 우리 중 연애 사건, 일, 혹은 변덕 때문에 그 천국 같은 여름들(이 여름들의 추억은 오늘날도 여전히 남아 있다) 중 한두 번을 놓친 사람은 누구 때문에, 언제, 어떻게 그런 일이 일어났는지 도무지 알지 못한다……. 그러나 결국 알게 된다! 그것을 알게 된다! 운명이 더 이상 불확실하지 않은, 어조에 더 이상 감사의 마음이 들어 있지 않은—내가 생각하기에 우리 중 누구도 그런 마음을 기대하지는 않았지만—, 그리고 더 이상 친숙함이 느껴지지 않는, 그곳에 사는 몇몇 젊은 청년의 어조를 통해 그것을 알게 된다. 우리 중 어떤 사람들은 어리석게도 그들과 친숙한 관계를 맺었다고 생각했고, 그것이 잘못된 생각이었음이 밝혀지자 마음속 깊이 좌절한다. "내 친구들은 어떻게 되었지?" 그들은 뤼트뵈프(Rutebeuf, 1230~1285, 프랑스의 서정시인. 그가 쓴 시에 "내 친구들은 어떻게 되었지"라는 구절이 등장한다—옮긴이)에게 대답한다. "부자가 되었지." 당황스럽게도 마도 할멈의 바, 항구의 그 부동산 중개소, 바숑 대신 쉰 개나 되는 셔츠 가게, 스무 개나 되는 호텔, 마흔 개의 식당, 열 개의 나이트클럽, 열두 개의 부동산 중개소 그리고 다섯 개의 골동품 상점이 들어섰고, 내 집 오른쪽에 있던 레이 무스카르댕, 왼쪽에 있던 모르 여인숙(이 희비극의 초반에 내가 교회와 시청에 대해 이야기하지 않은 것처럼 역시 언급하지 않은, 오십 년 전 콜레트가 점심 식사를 했던 두 식당)도 사라져버렸다……

   다시 말해, 요즘 사람들은 쾌락을 찾아, 이런저런 비밀스러운 약속을 위해, 구석진 해변을 찾아, 이런저런 방들을 찾아 더 이상 생트로페에 가지 않는다. 우리는 X의 집에 저녁 식사를 하러 가고 Y의 집에 저녁 식사를 하러 간다. 우리는 1번 클럽에 가고, 2번 클럽에 간다. 우리는 이 밴드에서 저 밴드로 간다. 낮에는 이곳저곳으로 쇼핑을 간다. 우리는 더 이상 행복한 사냥꾼으로 혹은 같은 의미의 사냥감으로 살지 못한다. 이 집단에서 저 집단으로, 이 화제에서 저 화제로 이동할 뿐이다. 그리고 그리스 비극에서처럼―이 경우 대로(大路)의 에우리피데스가 사회학적인 페이도(Georges Feydeau, 1862~1921, 프랑스의 극작가. 작품에 희극 〈아메리카를 부탁하네〉 등이 있다―옮긴이)에게서 영감을 받았다고 할 수 있을 것이다–모든 '사랑'은 그것이 사람들의 입에 오를 때만 존재하고, 모든 해변은 그곳에 있는 매트리스가 유료일 때만 존재하며, 욕망도 돈이 될 때만 존재한다. 생트로페는 이제 예비 르노 시가 되었다. 부부들은 헤어지기 위해, 즉 그들이 파리에서 비밀스럽게 했던 일을 공공연하게 그리고 상처 주는 방식으로 남편 혹은 아내에게 하기 위해 생트로페에 간다. 배반과 결별이 행복보다 더 당당하게 노출된다. 밤을 지배하는 것은 더 이상 웃음이 아니고, 쾌락도 아니고, 호기심도 아니다. 그것은 즐거움, 쾌락, 호기심의 과시이다(일반적으로 거짓인). 그 과시는 부르주아적이고, 획일적이고, 험담을 좋아하는 그 지방도시를 조금씩 뒤덮어버린다. 그곳의 주인공들은 권리만을 주장하며 의무감 따위는 전혀 느끼지 않는다. 그에 대한 어떤 교육도 없다. 그들은 해변에 코카콜라 병을 던지고, 웨이터들에게 100프랑짜리 지폐를 던지고, 발코니 너머로 유리잔들을 내던진다. 이 모든 발사물이야말로 그들이 인습 따위는 무시하며 살아간다는 증거라도 되는 양. 독일인, 미국인, 이탈리아인, 그 밖의 다른 나라 사람들은 달러를, 마르크를, 리라를 지중해의 초록색 양탄자 위에 뿌리면서 매력을 산다고 믿는다. 그러나 지중해에서는 물고기가 기름 때문에 죽어가고, 해변은 춘분이면 벌써 더러워져서 밤에 모래 위를 걸어서 산책하려면 트리코스테릴 클럽의 번쩍거리는 조명이 필요하다. 참으로 침울한 그림이다. 내가 속하는 두발짐승에게 그렇게 보인다는 말이다. 그 두발짐승들은 내가 그런 것처럼 자기들이 속했던 장밋빛과 금빛의 도시를 도망쳐 나왔으니 말이다. 그 두발짐승들은 그토록 사랑했던 생트로페에 대해 지금은 아주 나쁘게 말한다. 혹은 마술사가 모자에서 토끼들을 끄집어내듯 그들의 기억으로부터 '그들의 것'이었던 청춘의 찬란하고 향수 어린 추억을 끄집어낸다. 그들은 그 추억을 그들 뒤 세대의 추억과 비교할 때 눈에 띄게 색다르고 우월하다고 평가한다. 지금 그 혼란스러운 마을에서 맹위를 떨치는 관광객들의 세대 간 갈등에는 희극적인 특성이 있다. 이를테면 수천 번은 되풀이된 서사시적인 이야기 속에는 우리의 젊은 시절 잔인성의 표적이었던 나이 든 미남자에 대한 추억이 되살아난다. 우리는 비틀린 사십대 남자 몇 명이 상체를 꼿꼿이 세운 채 뉴욕의 '삭스 애버뉴'에서 터무니없는 돈을 주고 산 즈크 천 셔츠 속에 맨 영국제 스카프를 다시 조이는 모습을 본다. 그러나 주름살과 경련은 숨길 수 없다. 그들의 기억으로 옛날의 미남자들에게는 용인되었는데 말이다. 그리고 '가슴을 드러낸…… 품위 없고…… 놀 줄도 모르며…… 가난한…… 아무것에도 취미가 없는 젊은 아가씨들'을 향한 마흔 혹은 쉰 살 먹은 여자들의 눈길. 그녀들은 자신의 모든 경험과 모성적 염려를 동원해가며 그 아가씨들이 섹스를 하면서 쾌락을 경험하는지, 흥취가 부족하지는 않은지 궁금해한다.

*

　내 이야기는 여기서 끝이 날 수도 있으리라. 4막 5장, 1999년, 백발에 배가 나온 두발짐승들이 마흔다섯 살 먹은 자기 자식들이 스무 살 된 자기 손주들에 대해 험담하는 모습을 빈정거리며 바라본다. 그들은 "그래, 그래-그래-그래. 요즘 젊은이들은 잘 놀지. 불감증은 전혀 아니야."라고 비웃으며 자식들을 안심시킨다(물론 늙은이의 순수한 심술에서 나온 것이다).

　그러나 그것은 생트로페였던 것, 생트로페인 것, 생트로페일 것에 대한 거짓되고 슬프도록 치사스러운 결말일 것이다. 시간은 흘러간다. 하지만 다행히도 기억은 변하지 않는다. 마찬가지로, 스무 세기 전 전차를 타고 오스티아(이탈리아의 고대 도시—옮긴이)까지 갔던 사십대의 한 로마인이 그 해변에서 비탄에 잠겼다. 혹은 수백 킬로미터 더 멀리에서 남편에게 배신당한 한 그리스 여인이 우리가 가슴 아파하듯이 그 파란 물가에서 가슴 아파했다. 인간은 불멸의 존재가 아니고 청춘은 너무나 덧없다. 그 로마인 혹은 그리스 여인은 그 바다가 일으키는 파도가 그들의 발이 푹푹 빠지는 모래사장을 계속해서 두드릴 거라 생각했을까. 또 그들의 눈길이 그곳을 떠나자마자, 그들의 호흡이 그들의 심장 소리에 더 이상 리듬을 맞추지 않게 되자마자 태양은 돌고 나무나 집들의 그림자를 지면에 길게 드리울 거라 생각했을까. 그 바다, 그 태양, 그 소나무 냄새, 소금과 요오드 냄새가 자기들이 그들보다 오래 살아남을 거라는 믿음으로 달콤하면서도 낯선 쾌락을 불러일으키지 않았을까?

예전에 클론다이크(캐나다 북서부 유콘 주에 있는 지방. 1896년 클론다이크 강 지류의 보난자 계곡에서 사금이 발견되어 골드러시를 몰고 왔다—옮긴이)에서 황금을 찾던 사람들이 그랬듯이 열망을 품고 그 파란 물가에 머무르기 위해 애스턴 마틴(라이오넬 마틴이 설립한 영국의 자동차 제조회사 또는 이 회사에서 제조한 자동차 이름—옮긴이) 혹은 관광버스 혹은 캠핑카를 타고 온 사십대 남자도, 온갖 나라에서 온 관광객들도 똑같은 곤란 때문에, 즉 경탄 때문에 고통을 받는다. 생트로페는 아름답다. 놀랄 만큼 아름답다. 그곳은 불멸의 아름다움을 간직하고 있다. 특히 우리, 예전에 그곳의 소유주였던 7번 국도의 두발짐승들에게 그렇다. 봄에 그렇고, 가을 혹은 겨울에도 그렇다. 우리는 그곳에 휴식을 취하러 갈 때마다 놀라워하며, 원망 따위는 전혀 섞이지 않은 기쁨을 느끼며 그 사실을 확인했다.

우선 바람이 있다. 섬들 위로, 삼면 혹은 사면에서 불어오는 바람. 바람은 그 섬을 쓸고 청소한다. 바람은 너무나 가볍고 너무나 광적이고 너무나 즐거운, 그리하여 이틀 만에 자신이 바뀌었다고, 건강이 회복되었다고 느끼게 하는 공기를 실어온다. 그리고 평화롭게 빛나는 태양이 있다. 그 다정한 태양은 칸과 몬테카를로에 비가 내릴 때도 그곳에서 여전히 반짝인다. 또 적갈색 언덕이 있다. 복잡하게 움푹 파인 부분이 있는가 하면 갑자기 잔잔한 해안이 나온다. 그 모습은 배우들이 장광설의 대사를 읊으며 발을 동동 구르는, 그 달콤함 앞에 쓰러질 수밖에 없는 라신의 비극들을 닮았다. 또한 콕토(Jean Cocteau, 1889~1963, 프랑스의 시인·소설가·극작가. 다방면에 활동했으며 문단과 예술계에 물의를 일으키기도 했다. 시집『알라딘의 램프』, 희곡 〈에펠탑의 신랑 신부〉, 소설『무서운 아이들』등 다수의 작품을 많은 장르에서 선보였다—옮긴이)가 말한 "컵 가장자리에 부서지는 미친 바다"가 있다. 그 바다는 다른 곳의 바다보다 더 거품이 많이 일고, 예측할 수 없고, 신선하다. 그리고 들판이, 생트로페 뒤에 숨겨진 진짜 들판이 있다. 그 들판은 모르의 들판과는 달리 초목이 없고 바위투성이이며, 빈약하고 뜨거운 들판과는 달리 초록빛이다. 다시 말해, 생트로페에는 해변 바로 뒤에 들판이, 초록빛에 생명력이 강한 풀이, 숲이, 코르크 떡갈나무들이, 일드프랑스의 언덕을 닮은 언덕이, 물이, 나무들이 있고, 가을에는 죽은 나무 향기와 버섯 향기가 있다. 또한 거기에는 팡플론(생트로페 근처에 있는 해변—옮긴이) 끝에서 시작되는, 어디로 통하는지 알 수 없는 길들이 있다.

그러나 사람들은 바다에서 혹은 높은 곳에서, 또는 아무도 가지 않는 성채에서 생트로페를 바라본다. 그러면 생트로페는 좁고 뾰족하고 때때로 기울어져 있지만 매우 감동적인 집들을 보여준다. 노란색, 빨간색, 파란색 혹은 잿빛인, 태양과 바람에 삼켜져 닳아빠졌지만, 언뜻 보기에 부드러운 장밋빛 꽃잎 같은 여러 개의 기와 조각으로 된 지붕을 가진 집들은, 아무 관심을 두지 않아도 십오 분마다 울리는 종탑 주변에 밀집되어 있다. 집들에는 물론 이탈리아처럼 빨래가 널려 있다. 몇몇 테라스는 지나치게 잘 꾸며져 있고 초록색 식물 몇 가지가 자라고 있다. 돌을 쌓아 만든 집의 벽들은 단단하다. 거금을 들여 오래된 집들에 바른 새 회반죽도 언급해야 한다. 낮이면 집들이 햇볕을 쬔다. 고양이나 덩치 큰 개처럼. 집들은 자부심 강한 모습을 하고 있고(비록 출입구가 협소하지만), 내부는 둥글다. 밤이면 집들이 사람들이 지나가는 것을 보며 즐거워한다. 집들에는 문이 하나씩 있는데, 덜거덕거리는 문은 여러분을 끌어당기기 위해 열려 있다. 언제나 불 켜져 있는 창문 하나가 여러분이 어디에 있는지 여러분에게 말해준다. 골목은 서로 교차하고, 싸우고, 비틀린 나무 한 그루가 우쭐대듯 서 있는 어느 광장에서 서로 화해한다. 골목에서는 협잡꾼들의 외침 혹은 흥청거리기 좋아하는 사람들의 외침이 울려 퍼지고, 우리 귀에는 우리의 외침, 이십 년 전 우리 자신의 외침이 울려 퍼진다. 생트로페에서는 낮이고 밤이고 몇 시간씩

나돌아 다닐 수 있다. 리스 광장에서 항구로. 한 식당에서 다른 식당으로. 혹은 시간이 너무 늦어지면 새벽과 함께 잠을 깬 한 빵집에서 다른 빵집으로. 그리고 하얀 바다에서 작은 무덤 아래로 가면서 차츰 파랗게 되는 바다로…… 모두 언젠가 그 작은 무덤에 묻히기를 원한다. 배들이 지나가는 것을 바라보기 위해, 그리고 태양이 거기서 그들의 흩어진 뼈들을 덥혀주도록.

5막

1980년 여름. 끝. 생트로페의 희비극이 막을 내렸다. 나는 사십오 분 동안 잠을 잤고, 이십오 년 동안 꿈을 꾸었다. 처음에 나는 어두운 어느 방에서 잠을 깼다. 그리고 더 이상 들려오지 않는, 나에게 결핍되어 있던 소음을 본능적으로 찾으면서 다시 눈을 감았다. 나는 마침내 비가 그쳤다는 것을, 내 맞은편 벽에 드리워진 금빛으로 반짝이는 선이 태양이라는 이름의 그 유명한 별이 쏘아대는 광선임을 깨달았다. 나는 침대에서 일어나 겉창을 열었다. 바다와 하늘이 내 얼굴에 똑같은 파란빛과 똑같은 장밋빛을, 똑같은 행복을 던져주었다. 그러자 태양 광선이 그 모든 것을 단번에 꿰뚫었고, 지붕의 모서리들, 해변의 곡선, 돛대의 장식들이 이루는 한없이 관능적인 파스텔화를 검은 선으로 둘러쌌다. 지금은 1980년이고, 나는 우리가 과연 2000년을 맞이할 수 있을지 알지 못한다. 완고하고 눈먼 비행기 몇 대, 모든 복귀 명령을 무시하는 그 비행기의 승무원들(혹은 선사시대의 무자비한 공룡 같은 분별없고 극악무도한 어떤 괴물)이 우리를 향해 다가와, 우리가 그 동체 안에서 즉시 창백한 죽음을 맞이할 수도 있을 테니까.

　어쨌든 그것은 그리 중요한 문제가 아니다. 태양이 거기에, 내 손바닥 안에 있다. 나는 기계적으로 태양을 향해 손바닥을 내민다. 그러나 손을 다시 쥐지는 않는다. 시간과 사랑을 붙잡으려고 애쓰지 말아야 하듯이, 태양도 인생도 붙잡으려고 애쓰지 말아야 한다. 나는 웃고 잊어버리는 사람들, 어느 곳이든 다른 곳, 그러나 이곳을 닮은 다른 곳, 혹은 이곳을 닮으려고 애쓰는 다른 곳, 그러나 결단코 그것에 성공하지 못할 다른 곳을 향해 다시 떠날 준비가 되어 있는 사람들에게로 내려간다.

장 폴 사르트르에게 보내는 사랑의 편지

장 폴 사르트르(Jean-Paul Sartre, 1905~1980)

제2차 세계대전 후의 시대사조를 대표하는 프랑스의 작가·사상가. 무신론적 실존주의의 입장에서 존재론을 전개한 철학서 『존재와 무』로 큰 업적을 남겼으며, 『레탕모데른』지를 창간하여 전후의 문학 지도자로 다채로운 활동을 했다. 『구토』, 『자유의 길』, 『더럽혀진 손』 등의 저서를 남겼다. 시몬 드 보부아르와의 평생에 걸친 동반자 관계, 노벨 문학상 수상 거부로도 유명하다.

친애하는 사르트르 씨,

'~씨'라는 단어의 순수한 사전적 의미, 즉 '누가 되었든 한 사람의 남자를 부를 때 사용하는 호칭'을 염두에 두면서 당신을 '친애하는 사르트르 씨'라고 부를게요. 나는 당신을 '친애하는 장 폴 사르트르'라고 부르지 않을 거예요. 마치 신문이나 잡지 기사 같은 느낌을 풍기니까요. 나는 당신을 '친애하는 선생님'이라고도 부르지 않을 거예요. 당신이 너무나 싫어하는 호칭이니까요. 나는 당신을 '친애하는 동료'라고도 부르지 않을 거예요. 내게 너무 중압감을 주니까요. 내가 당신에게 이 편지를 써야겠다고 마음먹은 지도 여러 해가 흘렀네요. 사실을 말하면, 내가 당신의 책을 처음 읽은 뒤 거의 삼십 년이 흘렀고, 십 년 혹은 십이 년 전부터 당신에게 편지를 쓰고 싶다는 마음이 한층 강해졌어요. 경탄이라는 것이 우스꽝스러운 것이 되어버린 나머지 사람들이 그 우스꽝스러움에 별다른 가치를 부여하지 않은 지 오래되었어요. 아마 지금은 나 자신도 그 우스꽝스러움을 개의치 않을 만큼 꽤나 나이가 들었거나 혹은 다시 젊어졌겠죠. 당신은 언제나 멋지게 우스꽝스러움 따위는 무시해버렸지만요.

　나는 당신이 이 편지를 6월 21일에 받기를 원했어요. 6월 21일
은 프랑스에 소중한 인물들이 태어난 상서로운 날이죠. 쉽게 설
명되지 않는 일이지만, 장기간의 간격을 두고 당신, 나, 그리고 좀
더 최근에는 플라티니(Michel Platini, 1955~, 프랑스의 옛 축구 선수, 현
UEFA의 회장. 과거 프랑스 축구 국가대표팀 일원으로, 1984년 유럽 축구 선
수권 대회에 참가해 최고의 활약을 펼쳐 득점왕에 올랐다―옮긴이)가 태어
난 날이니까요. 이 세 명의 탁월한 사람들은 승리에 휩쓸리기도
했고 혹은 야만스럽게 짓밟히기도 했죠(고맙게도 당신과 나는
비유적 의미로). 그러나 여름은 짧고, 흥분을 가져다주고, 우여
곡절이 많고, 곧 퇴색해버려요. 결국 나는 생일축하 시(詩)를 포
기했어요. 이제 내가 당신에게 이야기하고 싶은 것을, 그리고 이
센티멘털한 칭호를 정당화하는 이유를 말해야겠어요.

　그러니까 나는 1950년에 모든 것을 읽기 시작했어요. 그 이후
내가 작가들을 얼마나 좋아하고 그들에 대해 경탄했는지는 신
혹은 문학이 알고 있지요. 프랑스나 외국의 생존 작가들 말이에
요. 그 후 나는 몇몇 작가를 알게 되었고, 또 다른 작가들의 작업

도 지켜봤어요. 아직껏 내가 경탄하는 작가들이 많이 있지만, 당신은 정말이지 내가 계속해서 경탄하는 유일한 작가예요. 내 나이 열다섯 살 때, 영리하고 엄숙한 나이에, 정확한 목표가 없었으므로 타협도 없었던 나이에 당신이 나에게 약속했던 모든 것을 당신은 지켰어요. 당신은 당신 세대의 가장 지적이고 가장 올바른 책들을 썼어요. 당신은 또한 프랑스 문학사에서 가장 재능이 빛나는 책 『말』을 썼어요. 동시에 당신은 늘 약자와 모욕당하는 자들을 구원하기 위해 전심전력을 다했어요. 당신은 사람을, 대의(大義)를, 보편성을 믿었어요. 때때로 당신은 다른 사람들이 모두 그렇듯 실수를 했어요. 그러나 당신은 (이 측면에서는 모든 사람과 반대로) 그것을 매번 인정했어요. 당신은 당신의 정신적 월계관과 영광이 가져다주는 모든 물질적 수익을 완강히 거부했어요. 당신은 모든 것이 부족했음에도 불구하고, 명예로운 것으로 일컬어지는 노벨상을 거부했어요. 당신은 알제리전쟁 때 거리에 내던져진 채 세 번이나 폭격을 맞았지만 눈썹 한 번 까딱하지 않았어요. 당신은 당신 마음에 드는 여자들에게 그들과 어울리지 않는 역할을 맡기도록 극단장들을 종용했지만, 당신에게 사랑은 '영광의 찬란한 상실'일 수 있다는 것을 그런 식으로 호사스럽게 증명했어요. 요컨대 당신은 사랑했고, 썼고, 나누었어요. 당신은 당신이 주어야 할 모든 것을, 중요한 것을 사람들에게 줬어요. 동시에 당신은 사람들이 당신에게 제공한 중요한 모든 것을 거부했어요. 당신은 작가인 동시에 한 사람의 인간이었어요. 당신은 작가로서의 재능이 인간으로서의 연약함을 정당화한다고 주장하지도, 창작의 행복이 지인들을, 다른 사람들을, 다른 모든 사람들을 무시하도록 허락해준다고도 결코 주장하지 않았어요. 또한 당신은 재능 혹은 선의로 말미암아 잘못을 저질렀어도 잘못이 정당화된다고 주장하지 않았어요. 사실 당신은 작가들 특유의 나약함 뒤로, 글을 쓰는 재능이라는 그 양날의 무기 뒤로 피하지 않았어요. 당신은 우리 시대 작가들에게 부여된 세 가지 역할 중 하나인 나르시시즘에 결코 이끌리지 않았어요(다른 두 역할은 보잘것없는 선생과 위대한 하인의 역할). 그러기는커녕 양날을 가진 그 무기가 당신 손에 가볍다고, 그 무기가 효율적이라고, 그 무기가 유연하며 당신이 그것을 좋아한다고 주장했어요(많은 사람이 더없이 즐거워하고 함성을 지르며 그 무기에 꿰인 것과는 달리). 그리하여 당신은 그것을 사용했고, 희생자들, 당신 눈에 진실하게 보이는 사람들, 쓸 줄도 모르고 자신의 생각을 밝힐 줄도 모르고 투쟁할 줄도 모르는, 때로는 불평조차 할 줄 모르는 사람들에게도 그것을 자유롭게 사용토록 했어요.

 당신은 판단하기를 원치 않았기 때문에 정의를 큰 소리로 비난하지 않았고, 칭송받기를 원치 않았기 때문에 영광에 대해 말하지 않았고, 당신 자신이 관대함 그 자체라는 것을 몰랐기 때문에 관대함을 환기하지 않았어요. 당신은 끊임없이 일하고, 다른 사람들에게 모든 것을 주었어요. 당신은 검소하게, 금기 없이, 글쓰기의 파티 말고는 떠들썩한 파티 없이 살았어요. 사치 없이 살고, 사랑을 하고, 사랑을 주고, 매혹하고, 매혹을 받고, 모든 분야에서, 속도와 지성과 광휘에서 당신의 친구들을 추월하고, 그러나 그들이 그것을 눈치채지 않도록 끊임없이 그들을 향해 돌아선 우리 시대의 유일하게 정의로운 사람, 유일하게 영예로운 사람, 유일하게 관대한 사람이었어요. 당신은 무관심해지는 것보다는 이용당하고 놀림당하는 것을 더 좋아했고, 희망을 가지지 않는 것보다는 낙담하는 것을 더 좋아했어요. 모범이 되기를 결코 원치 않았던 한 인간에게는 얼마나 모범적인 삶인가요!

당신은 시력을 잃었고, 사람들이 말하는 것처럼 이제는 글을 쓸 수 없어요. 그러므로 매우 불행할 때도 있겠지요. 그러니 다음과 같은 말이 당신을 기쁘게 할지도 모르겠어요. 나는 스무 살 이후 이곳저곳, 즉 일본, 미국, 노르웨이, 시골 혹은 파리에서 연령과 성별을 불문하고 사람들이 당신에 대해 경탄하고, 자랑스러워하고, 심지어 고마워하며 당신 이야기를 하는 것을 들었어

요. 내가 이 편지에서 당신에게 털어놓으려는 것이 바로 그것이
기도 하죠.

 이 세기는 광적이고 비인간적이고 부패한 것이 분명해요. 그
러나 당신은 지성적이었고, 온화했고, 청렴했어요. 지금도 마찬
가지지만요.
 그러니 당신은 감사를 받아 마땅하지요.

✳

 나는 이 편지를 니콜 비스니아크(Nicole Wisniak, 프랑스의 편집
자·언론인—옮긴이)의 훌륭하고 기상천외한 신문인 『에고이스
트』에 발표했다. 물론 나는 먼저 사람을 통해 그것에 대해 사르
트르의 허락을 구했다. 우리는 거의 이십 년 동안 보지 못했다.
그나마 그 전에도 시몬 드 보부아르(Simone de Beauvoir, 1908~
1986, 프랑스의 실존주의 소설가·사상가. 사르트르와 평생의 동반자 관계
로도 유명하다. 『초대받은 여자』, 『제2의 성』 등의 작품을 남겼다—옮긴이)
와 내 첫 남편과 함께 조금 어색한 분위기에서 몇 번 식사만 했
을 뿐이다. 오후의 감미로운 장소에서 우연히 일어난 우스꽝스
러운 만남도 몇 번 있었지만 사르트르와 나는 서로 못 본 척했
다. 또한 나에게 마음이 있는 듯한 매력적인 실업가와 함께 셋이

서 점심 식사를 한 적도 있었는데, 그 실업가는 자신이 돈을 댈 테니 좌익 잡지 하나를 창간하여 이끌어보라고 사르트르에게 제안했다(실업가는 치즈와 커피 사이에 주차카드 때문에 잠시 자리를 비웠고, 사르트르는 폭소를 터뜨리며 재미있어했다). 그 후 드골이 차츰 실권을 잡았고 실현 불가능한 그 제안은 그것으로 종말을 맞았다.

그러한 몇 번의 짧은 접촉 후에, 우리는 이십 년 동안 보지 못했고, 나는 줄곧 내가 그에게 도움받은 것에 대해 사르트르에게 이야기하고 싶었다.

실명(失明)한 사르트르는 사람을 시켜 이 편지를 읽어달라고 했고, 나를 만나고 싶다고, 나와 함께 마주 앉아 저녁 식사를 하고 싶다고 연락해왔다. 나는 지금도 가슴이 죄어들지 않고는 절대 지나가지 못하는 에드가 키네 대로(大路)로 그를 데리러 갔다. 우리는 '클로즈리 데 릴라'(사강의 집 근처에 있던 카페 겸 식당—옮긴이)로 갔다. 나는 사르트르가 넘어지지 않도록 손을 붙잡아주었지만, 긴장한 나머지 말을 더듬거렸다. 내 생각에 그때 우리 두 사람은 프랑스 문단에서 가장 기묘한 2인조였을 것이다. 웨이터들이 우리 앞에서 겁먹은 까마귀처럼 파닥파닥 날아다녔다.

사르트르가 죽기 일 년 전의 일이다. 몇 번에 걸쳐 이어진 긴 저녁 식사들의 시작이었다. 하지만 나는 그 모든 것에 대해 아무 것도 알지 못했다. 단지 그가 친절한 마음에서 나를 초대했다고 생각했다. 게다가 그가 나보다 더 오래 살 거라고 생각했다.

우리는 거의 열흘마다 한 번씩 함께 저녁 식사를 했다. 나는 사르트르를 데리러 갔고, 그는 더플코트를 입고 준비를 갖춘 채 입구에서 나를 기다렸다. 우리는 만날 사람들이 누구이든 간에 도둑처럼 서둘러 나갔다. 고백건대, 그의 지인들이 한 말과는 달리, 그들이 그와 함께한 마지막 몇 달에 대해 갖고 있는 추억과는 달리, 나는 음식을 먹는 그의 모습을 보며 아연실색하거나 동정심을 느끼지 않았다. 물론 그의 포크질이 많이 서툴기는 했다. 그러나 그것은 실명했기 때문이지 노망이 나서 그런 것이 아니었다. 나는 사람들이 신문이나 잡지 혹은 책에서 그의 식사하던 모습에 대해 이야기하며 당혹감이나 경멸이 뒤섞인 한탄을 늘어놓는 것이 유감스럽다. 그런 모습에 그토록 신경이 쓰였다면, 그들은 눈을 감고 그의 이야기를 들어야 했다. 그 경쾌하고, 열의 넘치고, 씩씩한 목소리를, 그의 자유로운 화제를 경청했어야 했다.

그는 나에게 말했다. 우리의 관계에서 그가 좋아했던 것은 우리가 다른 사람들에 대해, 우리가 공통으로 알고 있는 사람들에 대해 절대 이야기하지 않은 점이라고. 그는 말했다. "우리는 마치 기차역의 플랫폼에 서 있는 여행자처럼 서로 이야기를 나누었지……." 나는 그가 그립다. 나는 그의 손을 잡고 싶었고, 그는 내 정신을 사로잡았다. 나는 그가 나에게 말하는 일을 하고 싶었다. 앞이 보이지 않아 그의 행동이 서투른 것 따위는 개의치 않았다. 나는 그가 문학에 대한 열정을 참으며 살아남을 수 있었다는 것에 감탄했다. 나는 그가 탈 엘리베이터를 잡아주고, 그를 자동차에 태워 드라이브를 시켜주고, 그를 위해 고기를 썰어주고, 우리가 함께 보내는 두세 시간을 재미있게 만들려고 애쓰는 것을, 그에게 차를 끓여주는 것을, 그에게 스카치를 몰래 갖다주는 것을, 그와 함께 음악을 듣는 것을 좋아했다. 그러나 나는 무엇보다도 그의 이야기를 듣는 것을 좋아했다. 그의 집 문 앞에 그를 내려놓고 돌아설 때면 마음이 아팠다. 그는 내가 돌아가는 방향을 향해 가슴 아픈 표정으로 서 있었다. 그리고 나는 우리가 다음에 언제 만날지 정확하게 약속했음에도 불구하고 매번 그를 다시는 보지 못할 것 같은 느낌을 받았다. 그가 '장난꾸러기 릴리'—바로 나였다—가 하는 말을 들어주지 못할 것 같은 느낌을 받았다. 우리에게, 우리 둘 중 한 사람에게 무슨 일이 일어날 것만 같아 두려웠다. 그럼에도 내가 그를 마지막으로 보았을 때,

그가 마지막 문에서 나와 함께 마지막 엘리베이터를 기다릴 때, 나는 한결 안심했다. 그가 나에게 조금 애착을 갖고 있다는 생각이 들었다. 그러나 그가 곧 삶에 강한 애착을 느끼게 될 거라고는 생각지 못했다.

나는 우리가 파리 14구의 눈에 띄지 않는 식당들에서 함께했던 진수성찬이나 그렇지 않았던 그 기이한 저녁 식사들을 기억한다. "당신도 알겠지만, 누군가가 나에게 당신이 쓴 '사랑의 편지'를 한 번 읽어줬어요." 사르트르는 처음에 나에게 이렇게 말했고, 그 말을 듣자 나는 무척 기뻤다. 그는 이어서 말했다. "하지만 당신의 칭찬을 즐기기 위해 그 편지를 다시 읽어달라고 어떻게 부탁하겠어요? 만약 그런다면 나를 편집증 환자로 취급할 테니!" 그래서 내가 쓴 그 편지를 내 목소리로 녹음해주었다. 녹음을 하는 데 여섯 시간이나 걸렸다. 어찌나 말을 더듬거렸던지. 녹음을 마친 후 나는 그가 손으로 만져서 그것을 식별할 수 있도록 카세트테이프 위에 라벨을 붙여주었다. 그는 때때로 기분이 우울해지는 밤 시간에 혼자 그것을 듣겠다고 했다. 그것은 분명 나를 기쁘게 해주기 위한 말이었다. 그는 또한 이렇게 말했다. "당신 요즘 나에게 스테이크를 너무 크게 썰어주기 시작했어요. 존경심이 사라지기라도 한 거요?" 그래서 내가 그의 접시

위에서 바삐 손을 움직이노라면 그는 웃음을 터뜨리며 이렇게 말하는 것이었다. "당신은 정말 친절한 여자예요. 그것은 좋은 징조지. 지성적인 사람들은 모두 친절한 법이거든. 나는 지성적이면서 심술궂은 사람을 딱 한 명 알아요. 그는 남색가였고 마치 사막에서 사는 사람 같았지." 사르트르를 따르는, 오래 알고 지낸 청년들이 많이 있었다. 그 청년들은 아버지처럼 그를 필요로 했지만, 그는 예나 그때나 여자들과 함께 이야기 나누는 것을 좋아했다. 그는 말했다. "아, 남자들은 피곤해요! 그들이 생각할 땐 히로시마도 내 책임, 스탈린도 내 책임이야. 그들이 주장하는 것, 그들의 어리석음조차 모두 내 실수야……." 그는 자신을 아버지로 삼고 싶어한 그 사이비 지식인들, 지성의 고아들이 행하는 모든 어리석은 짓거리를 비웃었다. 아버지 사르트르? 그 얼마나 황당한 생각인가! 남편 사르트르? 그것도 마찬가지다! 연인 사르트르라면 괜찮을지도 모르겠다. 아무튼 눈이 멀고 몸의 절반이 마비된 그가 한 여자에게 보여준 여유로움과 따뜻함은 실로 인상적이었다. "당신도 짐작하겠지만, 내가 실명했을 때, 더 이상 글을 쓸 수 없다는 것을 깨달았을 때(쉰 살 이후 나는 하루에 열 시간씩 글을 썼고, 그 시간은 내 인생에서 가장 행복한 순간이었소), 이제는 다 끝났다는 것을 깨달았을 때, 나는 큰 충격을 받았고 자살 생각까지 했어요."

나는 아무 말도 하지 못했다. 그러자 그는 자신의 고통에 내가 가슴 아파하는 것을 느끼고 이렇게 덧붙였다. "하지만 자살을 시도하지는 않았어요. 당신도 알다시피, 나는 평생 동안 너무나 행복한 사람이었어요. 정말 행복했지. 나는 행복한 남자였고, 행복한 저명인사였소. 그런 만큼 갑자기 역할을 바꿀 생각은 없었소. 나는 습관에 의해 계속 행복해했소." 사르트르가 이 말을 했을 때, 나는 그가 말하지 않은 것까지 듣고 있었다. '내가 아는 사람들, 나와 가까운 여자들을 망가뜨리지 않기 위해, 가슴 아프게 만들지 않기 위해.' 특히 자정에, 혹은 우리가 함께 저녁 식사를 하고 돌아왔을 때, 혹은 오후에 우리가 차를 마실 때 그에게 전화를 걸어왔던 그 여자들을 위해서였을 것이다. 나는 그 여자들이 너무 요구가 많고, 너무 소유욕이 강하고, 앞을 보지 못하는 불구의 남자이며 글 쓰는 직업까지 박탈당한 그 남자에게 너무 의존한다고 느꼈다. 그러나 그 여자들은 그런 비상식적인 태도를 통해 그에게 삶을, 그때까지의 그의 삶을, 남자로서의 삶을, 바람둥이이고 기만적인 동시에 동정심 많고 관대했던 그의 삶을 회복시켜주었으리라.

그 마지막 해에 사르트르는 바캉스를 떠났다. 세 명의 여자와 석 달 동안 함께한 바캉스였다. 그는 흠 없이 온화한 태도와 체념으로 바캉스에 임했다. 그 여름 내내 나는 그가 나를 조금 소홀히 하는 것 같다고 생각했다. 여름이 지나자 그는 돌아왔고, 우리는 다시 만났다. 그리고 나는 이번에야말로 '영원히' 그와 함께하리라 생각했다. 내 자동차 안에서, 그가 사는 건물의 엘리베이터 안에서, 내가 녹음해준 카세트테이프들을 통해서. 그 재미있는 목소리를, 때로는 부드럽고 때로는 확신에 찬 그 목소리를 영원히 들을 수 있을 거라 생각했다. 하지만 안타깝게도 그에게는 오직 그만을 위한 다른 '영원'이 준비되어 있었다.

나는 사르트르의 사망 소식을 믿을 수 없어하며 장례식에 갔다. 그를 사랑하고 존경했던 온갖 부류의 수천 명의 사람들이 참석한 아름다운 장례식이었다. 그들은 그의 마지막 안식처까지 수 킬로미터 동안 장례 행렬을 따라갔다. 그를 아는, 일 년 내내 그를 보는 불운을 갖지 않은 사람들, 그에 대한 수십 개의 비통한 생각을 머릿속에 갖지 않은 사람들, 열흘마다 혹은 매일 그를 그리워하지 않은 사람들, 내가 동정하면서도 부러워했던 사람들이었다.

그 후 나는 그의 지인 중 몇몇 사람이 노망 난 사르트르에 대한 부끄러운 이야기들을 하는 것에 분개했지만, 그에 대한 추억담들을 읽는 것을 그만두었지만, 나는 그의 목소리를, 그의 웃음을, 그의 지성을, 그의 용기와 선의를 결코 잊지 않았다. 나는 그의 죽음에서 결코 회복되지 못할 것이다. 때때로 무엇을 해야 할지, 무슨 생각을 해야 할지 궁금해질 때가 있다. 그 답을 나에게 말해줄 수 있는 사람은 그 벼락 맞은 남자밖에 없었다. 내가 믿을 수 있는 사람은 그 사람뿐이었다. 사르트르는 1905년 6월 21일에 태어났고, 나는 1935년 6월 21일에 태어났다. 이 지구에서 그 없이 삼십 년을 더 보낼 수 있을 것 같지 않다(그리고 싶은 마음도 없다).

독서

추억 속에서 문학에 대한 사랑은 모든 짧은 사랑, 사람에 대한 사랑에 비해 큰 우위를 지닌다. 우리는 언제 그리고 어디서 그 '타인'을 만났는지, '그'가 그날 우리에게 어떤 인상을 주었는지 기억하지 못할 때가 있다(오히려 그날 밤 우리가 '그'를 즉시 파악하지 못했다는 것에 매우 놀라워한다). 반대로 문학은 우리를 첫눈에 매료시킨다. 달리 말하면, 떠들썩한 굉음을 내면서 결정적이면서도 정확한 이끌림을 선사한다. 나는 내 인생의 위대한 책들을 어디서 읽었는지, 어디서 발견했는지 아주 잘 기억하고 있다. 거기에는 내 청춘의 내적 풍경과 외적 풍경이 긴밀하게 연결되어 있다.

　　이 대목에서 고백건대, 나는 독서를 하면서 가장 고전적인 경로를 밟았다. 열세 살에 『지상의 양식』(앙드레 지드의 에세이. 프랑스의 3대 미문(美文)으로 일컬어진다. 제1차 세계대전 후 절망에 빠진 유럽 젊은이들이 이 책을 삶의 지침서로 열광적으로 받아들였다─옮긴이)을, 열네 살에 『반항인』(카뮈의 철학 평론서. 부정과 긍정을 주제로 한, 프랑스 지성계를 논쟁 속으로 몰아넣은 문제작―옮긴이)을, 열여섯 살에 『일뤼 미나시옹』(프랑스 상징주의 시인 랭보의 산문시집―옮긴이)을 읽었다. 나는 오래전부터 많은 청춘이 뛰어넘은 똑같은 울타리를 뛰어 넘은 것이다. 그런 이유로 내가 우선 이 책들을 언급하는 것이 다. 이 책들은 독자로서의 나 자신, 존재자로서의 나 자신에 대 한 하나의 발견이었으며, 작가들에 대한 발견이기도 했다. 이 책 들이 지닌 사상은 내 정신을 매혹했고, 나는 거기서 내 사상에 선행하는 사상을 발견했다. 책들의 성격과 일치하는 연령대에 읽은 어떤 책들이 우리에게 선사하는 찬란한 경탄과 나르시시 즘이 뒤섞인 격렬한 정신 상태에서 말이다. 나중에, 세월이 흐른 뒤에 나는 내 것이라 믿었던 특혜받은 독자라는 고귀하고도 멜 로드라마적인 역할을 포기했다. 그리고 문학과 문학의 진정한 영웅, 즉 작가들을 발견했다. 다시 말해 나 자신의 운명보다 쥘 리앵 소렐(프랑스 소설가 스탕달의 『적과 흑』에 나오는 야망이 넘치는 남 자 주인공―옮긴이)의 운명에 더 큰 관심을 갖게 되었다. 마찬가지 로, 내가 연애 관계 속에서 상대방의 눈에 비친 나 자신의 미화 된 영상이 아닌 상대방의 진정한 본성을 추구하기까지는 오랜 시간이 필요했다.

『지상의 양식』은 명백히 나를 위해 쓰인, 거의 내가 직접 쓴 것 같은 성스러운 책들 중 최초의 책이었다. 이 최초의 책은 내가 어떤 사람인지, 내가 어떤 사람이 되고 싶은지, 다시 말해 내가 될 수 있는 것이 무엇인지 나에게 알려주었다. 요즘 사람들은 지드를 자신의 정신적 대부(代父)로 별로 내세우려 하지 않는다. 그러므로 『지상의 양식』을 내 첫 번째 애독서로 인용하는 것은 조금 우스꽝스러운 일이 될지도 모르겠다. 어쨌든 내가 어떤 아카시아 향기 속에서 그의 최초의 문장들을, 나타나엘(『지상의 양식』에서 대화 상대방 혹은 독자로 상정하고 있는 인물의 이름—옮긴이)을 향한 그 최초의 명령들을 발견했는지 아주 정확히 기억하고 있다. 나는 당시 도피네(프랑스 남동부 론 강에서 이탈리아 국경에 이르는 옛 지방—옮긴이)에 있었다. 그해 여름, 그곳의 날씨는 엉망이었고 나는 상당히 권태로웠다. 시골 별장의 물에 젖은 유리창들 앞에서 아이들이 경험하는 서정적인 권태였다. 소나기가 억수같이 퍼부은 후 날씨가 다시 화창해진 어느 날, 나는 팔 밑에 책을 끼고 아카시아나무가 두 그루 심어진 길을 따라 산책을 했다. 그 시절 그 시골 마을에는 커다란 포플러나무가 한 그루 있었다(나중에 그곳에 다시 가보니 포플러나무는 베이고 토지도 분할이 되어 있었다. 물론 나는 우리 시대의 모든 규칙으로 인해 마음이 아팠다). 지드 덕분에 나는 그 포플러나무 아래에서 삶이 충만함과 절정 속에서 나 자신에 대해 의심해야 할 것들을 제공하고 있음을 깨달았다. 그 깨달음은 나를 열광시켰다. 빽빽하게 자리 잡은 조그맣고 연한 초록빛의 포플러 나뭇잎 수천 개가 내 머리 위 아주 높은 곳에서 흔들리고 있었다. 그 나뭇잎 하나하나가 나에게는 앞으로 다가올 많은 행복으로, 문학의 은총에 의해 절대적으로 약속되어 있는 행복으로 여겨졌다. 나에게는 나무 꼭대기에 도달하여 격렬한 쾌락의 마지막 순간을 붙잡기 전 살아가는 동안 일정표에 따라 차례차례 따야 할 백만 개의 나뭇잎이 있었다. 나는 사람이 성숙한다는 것은 물론 늙는다는 것도 상상하지 못했으므로, 그 나뭇잎들은 내 앞에 쌓여가는 유치하고 황당무계한 기쁨일 뿐이었다. 말(言), 얼굴, 자동차, 영광, 책, 경탄의 눈길, 바다, 배, 입맞춤, 밤의 비행기 기타 등등이 열세 살 난 소녀의 야만적이면서도 센티멘털한 상상력이 축적할 수 있는 모든 것이었다. 시간이 흐른 뒤, 우연히 지드를 다시 읽었다. 물론 그 아카시아 향기를 맡고 포플러나무를 다시 떠올리기는 했지만, 그저 건성으로 그 책이 잘 쓰였다고 생각했을 뿐이다. 첫눈에 반하는 것에도 실수는 있는 모양이다.

지드 이후 카뮈와 『반항인』이 나를 찾아왔다. 그 두어 달 전 나는 신에 대한 믿음을 잃었고, 그것에 대해 두려움 섞인 어리석은 자부심을 느끼고 있었다. 나는 사람들과 함께 우연히 참석한

루르드(프랑스 남부에 있는 가톨릭 성지—옮긴이)의 아침 축복식에서 신앙을 잃었다. 내 또래의 한 소녀가 옆 병상에서 흐느껴 우는 모습을 보았는데, 그런 일을 허락한 전능한 신에게 결정적인 반감이 느껴졌다. 나는 격렬한 분개를 경험했고, 그곳의 적갈색 뜰에 내 존재가 내던져진 느낌을 받았다. 종교단체에서 운영하는 기숙학교에서 삶의 절반을 보낸 내 존재가 말이다. 그 형이상학적 위기 때문에 점심 식사 동안 식욕을 잃었고, 밤에는 내 호텔 방에서 우울한 공상에 잠겼다. 신 없는 이 땅에 대한 공상, 정의와 연민, 은총이 없는 세상, 내가 살아가야 할 (나에게 주어진 끊임없는 예증에도 불구하고 내가 그 공포를 아직 충분히 깨닫지 못한) 세상에 대한 공상이었다. 두 달 동안 나는 마치 회복기의 환자처럼 전능한 신에 대한 돌이킬 수 없는 포기를, 가능한 모든 의문에 대한 대답의 실종을 고민했다. 그런 만큼 나는 『반항인』에서 카뮈의 안심시키는 목소리를 발견하고 매우 안도했다. 카뮈 또한 신의 육중한 부재를 논하고 있었다. 그 상냥한 몽상가는 나에게 이렇게 말했다. "신이 없으면 '인간'이 신을 대신한다. 한쪽이 다른 쪽을 대체한다." 한쪽은 다른 쪽의 무관심에 의해 제기된 모든 질문에 대한 답변이었다.

내 기억에 따르면 2월의 일이었다. 그 일은 산에서 일어났다.

나는 석 달 전부터 확고부동한 규칙에 따라 기숙학교의 지리 수업에 참석하지 않고 있었다. 나는 스키를 짊어지고 빌라르드랑스의 산비탈을 올라갔다. 당시 그곳에는 케이블카도 리프트도 피자 가게도 없었다(이 대목에서 현 시대에 대한 불평이 다시 고개를 쳐든다). 나는 셔츠 차림으로 내 스키용 재킷 위에 앉아 있었다. 가벼운 바람이 몇 번 불어와 내 주변의 눈을 골짜기 깊은 곳의 전나무들 쪽으로 날려 보내긴 했지만 날씨가 꽤 따뜻했기 때문이다. 나는 삼십 분 뒤 머리를 앞으로 내민 채 그 골짜기에 도달할 예정이었다. 스키를 타느라 두 다리와 팔, 등허리가 피곤했다. 그래도 행복했다. 천천히 숨을 쉬었다. 태양이 내 머리칼과 피부를 말리는 것이 느껴졌다. 파랗고 눈부신, 그리고 놀랄 정도로 맑게 비어 있는 하늘 아래 아무도 없이 혼자 있으니, 내가 내 몸의 주인임을, 내 스키의 주인임을, 내 삶의 주인임을 느낄 수 있었다. 내가 세상의 주인임을 느낄 수 있었다. 인간 존재, 그들의 정신, 그들의 모순, 그들의 온기, 그들의 마음, 그들의 신경, 그들의 고통, 그들의 욕망, 그들의 결점, 그들의 의지, 그들의 열정, 그 모든 것이 좀 더 먼 곳에서, 좀 더 낮은 곳에서 나를 기다리고 있었다. 나는 겨우 열네 살이었고, 그 세상에 걸려들기까지는, 거기에 도달하기까지는 아직 이삼 년이 더 남아 있었다. 그 기적적인 이삼 년간 나는 공부하는 척 흉내 내는 것 말고는, 책을 읽고 이해하고 깨닫고 미래를 기다리는 것 말고는 아무것도 하지 않았다. 신은 나를 위해 이 이상 무슨 일을 할 수 있을까? 나는 조롱하며 자문했다.

다른 한편으로 생각하면 신이 나에게 무슨 해를 끼칠 수 있었을까? 내가 가슴을 두근거리며, 뜨거운 피와 강렬한 육체로 거기에 있었던 이상 말이다. 그 산비탈은 내 발목의 추진력에 좌우된 채 하얗고 미끄럽게 내 발밑에 펼쳐져 있었다. 내가 도중에 넘어진다 하더라도, 더운 나라에서 온 사람들이, 따뜻한 마음을 가진 사람들이, 아무튼 친구들이 나를 도와줄 터였다. 그들은 카뮈가 그렇듯이 인간과 인간의 본성을 믿는, 우리 인간 존재가 가진 의미를 알고 있는, 그리고 만일 내가 우연히 그것을 잊기라도 하면 그것을 나에게 상기시켜줄 온화하고 정의로운 사람들일 것이다. 그러나 고백건대, 바로 그 순간 내가 믿은 것은 인간 존재가 아니었다. 나는 오히려 카뮈라는 이름으로 불리는 글 잘 쓰는 한 명의 인간을 믿었다. 책 표지의 사진 속 그는 남자답고 매력적인 얼굴이었다. 만일 카뮈가 대머리였다면 신의 비존재가 나를 더 불안하게 했을 것이다. 아니, 그렇지 않다. 나는 그 후 『반항인』을 다시 읽었고, 이번에는 첫눈에 반한 것이 정당했음을 깨달았다. 왜냐하면 카뮈가 글을 잘 쓰는 것은 사실이었고, 그가 인간의 본성에 믿음을 갖고 있다는 것도 사실이었기 때문이다.

'나의' 책 중 세 번째 책은 가장 멀리 떨어져 있으면서도 가장 가까웠다. 가장 멀리 떨어져 있다는 것은 내가 그 책에서 내 나르시스적 추구에 대한 어떤 양식도, 어떤 용법도, 어떤 격려도, 어떤 모범도 발견하지 못했기 때문이고, 가장 가깝다는 것은 내가 그 책에서 단어들을, 단어의 용법을, 절대적인 능력을 발견했기 때문이다. 프랑스의 모든 학생이 그랬듯이, 그때까지 나는 랭보의 시 중 「골짜기의 잠자는 사람」과 「취한 배」의 첫 몇 연만 읽어보았을 뿐이다. 그러나 그날 아침, 나는 전날 밤 책을 읽느라 거의 잠을 자지 못했기 때문에, 혹은 밤을 하얗게 새웠기 때문에 부모님이 바캉스를 보내기에 좋은 장소라고 칭찬하던 앙다이(프랑스 남서부 스페인 국경 근처 해안에 있는 휴양도시―옮긴이)에 있는 별장에서 피로감에 비틀거리며 일어났다. 여덟 시에 나는 인적 없는 해변으로 갔다. 구름이 떠 있는 바스크 지방의 해변은 아직 잿빛이었다. 구름은 폭격기 대형처럼 낮고 빽빽하게 바다 위에 뜬 채 빠르게 이동하고 있었다. 나는 수영복 위에 스웨터를 걸친 채 우리 텐트 밑에 앉았다. 7월다운 날씨가 아니었기 때문이다. 그때 내가 왜 랭보의 책을 가져갔는지 알지 못한다. 아마나 자신에 대해 다음과 같이 생각했기 때문일 것이다. '이른 아침 해변으로 시를 읽으러 가는 소녀.' 내 상상적 세계에 적합한 생각이었다. 그 무렵 그랬고 오늘날도 여전히 그렇듯이 열여섯 살의 소녀가 가질 수 있는 너무나 불행하고, 너무나 화려한 태도, 지속적으로 굴욕을 당하지만 터무니없이 오만한 청소년들의 태도에 그 상상적 세계가 얼마나 큰 영향을 미치는지는 다들 알고 있다. 아무도 그렇지 않다고 나를 설득할 수는 없을 것이다. 아무튼 나는 타월 위에 배를 깔고, 머리는 텐트 밑에 두고, 두 다리는 차가운 모래 위에 오그린 채 '일뤼미나시옹'이라는 제목의, 표지가 두꺼운 하얀 책을 펼쳤다. 그리고 순식간에 그 책에 반해버렸다.

나는 여름날의 새벽을 포옹했다.
궁전 정면에서는 아직 아무것도 움직이지 않고 있었다. 물은 죽어 있었다. 캠프의 그림자들은 숲의 길을 떠나지 않고 있었다. 나는 걸었다. 강렬하고 포근한 숨결을 일깨우면서. 보석들이 눈을 크게 떴고, 날개들이 소리 없이 날아올랐다.

아! 갑자기 신이 더 이상 존재하지 않는다는 것이, 사람들이 인간적인 존재라는 것이, 심지어 언젠가 누군가가 나를 사랑하리라는 것이 관심 밖의 일이 되었다! 책의 페이지에서 단어들이 날아올라 바람을 일으키며 텐트의 지붕을 두드려댔다. 그 단어들은 위에서 다시 나에게 내려왔고, 이미지에 뒤이어 이미지가, 열광에 뒤이어 찬란함이 등장했다.

길 위쪽에서, 월계수 숲 가까이에서 나는 그녀의 거대한 육체를 희미하게 느꼈다. 그녀는 여러 겹의 베일로 둘러싸여 있었다. 새벽과 어린아이는 숲 발치에 쓰러졌다.

잠에서 깨어나니 정오였다.

누군가가 이것을 썼다. 그 누군가는 천재성을 갖고 있었다. 그런 것을 쓴다는 것은 행복이고 지상의 아름다움이며, 문학이 전부라는 것을 설명해주지 않았던 내 최초의 책 이후 내가 의심했던 것에 대한 예시, 새로움의 증거였다. 문학은 그 자체로 전부였다. 비록 다른 관심거리나 조형예술 속에서 방황하는 몇몇 장님이 아직 문학을 모른다 할지라도. 적어도 그때 나는 그것을 알았다. 문학은 모든 것이었다. 최선의 것, 최악의 것, 운명적인 것이었다. 일단 그것을 알고 나면 해야 할 다른 일은 아무것도 없었다. 문학과 함께, 단어들과 함께, 그 노예들 그리고 우리의 선생들과 함께 악전고투하는 것 말고는 다른 아무것도 할 일이 없었다. 문학과 함께 달려야 했고, 문학을 향해 기어올라야 했다. 그것이 어떤 높이인가 하는 것은 중요하지 않았다. 그리고 똑같은 의미에서 내가 막 읽은 것, 내가 절대로 쓸 수 없을, 그러나 그렇게 하라고 나에게 강요하는 것, 그 아름다움 자체를 향해 달려가야 했다.

다른 한편으로, 위계 따위는 아무래도 좋았다! 집에 불이 났을 때 불을 끄기 위해 매우 민첩하고 빠른 손만 필요한 것처럼. 화재가 난 곳에 물을 가져다 뿌리기에 모든 손이 유용하지는 않은 것처럼. 그러므로 시작부터 내가 시인 랭보에 의해 전속력으로 추격을 당했다는 것이 중요한 것이다……. 『일뤼미나시옹』 이후 문학은 줄곧 나에게 어딘가에, 여기저기에 화재가 난 듯한 인상을 안겨주었고, 나는 그 불을 꺼야 했다. 그런 까닭에 매우 타산적이고, 매우 진부하고, 매우 냉소적이고, 매우 상스럽고, 매우 어리석고, 매우 교묘한, 살아 있거나 죽은 작가들을 마주하여 나는 결코 완전한 경멸을 품지 못한다. 그들이 언젠가 그 화재경보를 들을 것임을, 이따금 마지못해서라도 불을 향해 필사적으로 달릴 것임을, 거기에 완전히 몸을 던진 사람들만큼이나 비틀거리면서 심한 화상을 입을 것임을 나는 안다. 간단히 말해, 그날 아침 나는 평생 동안 무엇보다도 사랑하게 될 어떤 것을 발견했다.

　　우스꽝스럽게 들릴지 모른다는 두려움을 차치하고 말하면, 정신성, 형이상학, 미학이라고 특징지을 수 있는 이 세 가지 발견 후에, 마침내 나는 작가들을 발견했다……. 나는 나 자신과, 내 청춘과 머리를 나란히 했던 그 미치광이들을 포기하고, 문학

창작이라는 꿈처럼 환상적이고 인구과잉이며 고독한 세계 속으로 들어갔다. 남서부 지방에서는 여름이면 날씨가 끔찍이도 더웠다. 내 할머니의 오래된 집 안 뜨거운 슬레이트 지붕 아래에 있는, 천창과 무너져가는 들보가 있는 지붕 밑 방은 말 그대로 화덕 같아서 아무도 올라가지 않았다. 거기에는 모든 프랑스 부르주아에게 필수적 가구인 '책을 꽂아두는 벽장'이 오래전부터 있었다. 벽장에는 금지된 책들이 모두 꽂혀 있었는데, 그 책들 중 가장 방탕한 것은 내 생각에 이제는 내 세대와 내 전 세대 사람들만 감동하는, 검은 동판화가 삽화로 들어간 그 유명한 노란 책, 클로드 파레르(Claude Farrère, 1876~1957, 프랑스의 소설가. 『아편 연기』 등의 작품을 남겼다―옮긴이)의 『문명인』이었다. 그리고 델리(Delly, 프랑스의 남매 소설가. 연애소설들을 펴내 제2차 세계대전 직후 큰 인기를 끌었다.―옮긴이), 피에르 로티(Pierre Loti, 1850~1923, 프랑스의 소설가 · 해군 장교. 남태평양의 폴리네시아를 시작으로 이스탄불 · 중국 · 일본 · 팔레스타인 등지를 두루 돌아다니며 각지의 인상을 바탕으로 관능적이고 이국적인 작품을 썼다. 『로티의 결혼』, 『라문초』 등의 작품을 남겼다―옮긴이), 라퐁텐(Jean de La Fontaine, 1621~1695, 17세기 프랑스의 시인 · 우화 작가. 음악적인 시구, 동물을 의인화하여 인간희극을 부각시키는 절묘성으로 높이 평가받는다. 『우화 시집』, 『프시케와 큐피드의 사랑 이야기』 등의 작품을 남겼다―옮긴이), 『가면』 시리즈가 뒤섞인 어처구니없는 짬뽕이 있었다. 거기에 도스토옙스키의 책 세 권과 몽테

뉴의 책 한 권이 기적적으로 덧붙여져 있었다. 그리고 프루스트 (Marcel Proust, 1871~1922, 프랑스의 소설가. 『스완네 집 쪽으로』(1부 『콩브레』, 2부 『스완의 사랑』, 3부 『고장의 이름들: 이름』), 『꽃피는 아가씨들의 그늘에』(1부 『스완 부인 주변』, 2부 『고장의 이름들: 고장』), 『게르망트 쪽』 1, 2권, 『소돔과 고모라』 1, 2권, 『사로잡힌 여자』, 『사라진 알베르틴』, 『다시 찾은 시간』의 일곱 편으로 이루어진 장편대하소설 『잃어버린 시간을 찾아서』로 프랑스 문학사에 금자탑을 쌓았다. 특이한 문체, 잔인할 만큼 정밀한 관찰, 병적일 만큼 집요하고 정확한 심리분석이라는 특징을 가진 이 작품은 조이스, 카프카의 작품과 더불어 20세기 최고 최대의 소설로 꼽힌다─옮긴이)의 책인 『사라진 알베르틴』이 있었다. 그 책은 프루스트가 쓴 열네 권의 책 중 유일하게 그 지붕 밑 방에 보존되어 있었다. 그 지붕 밑 방의 으뜸패들에 대해 상세히 설명하지는 않겠다. 어쨌거나 그 방은 냄새, 먼지 그리고 어린 시절─지붕 밑 방을 갖는 행운이 있었던 모든 어린 시절─의 모든 지붕 밑 방들이 가진 매력을 갖고 있었다. 이따금씩 낮잠 시간에 거기에 있는 낡은 비로드 안락의자에 앉아, 이따금씩 정신이 이상한 산책자의 발자국 소리에 흠칫 놀라면서 눈 한 번 깜박이지 않고 굵은 땀방울들을 흘렸던 것을 나는 정확히 기억한다.

이후 나는 많은 사람이 『스완의 사랑』을 '이해'할 수 없었기 때문에, 사람들이 그들 손에 쥐여준 유명한 그 책이 그들을 당황스럽고 지루하게 했기 때문에 프루스트를 읽지 않는다는 것을 알게 되었다. 그리고 나는 생각했다. 만일 내가 오데트(『스완의 사랑』에 등장하는 인물—옮긴이)의 사랑과 화자의 어린 시절에서 시작했다면, 나 역시 프루스트의 세계로 들어가는 데 훨씬 많은 어려움을 겪었을 거라고. 그러나 나는 『사라진 알베르틴』을 처음에 읽었고, 단번에 그 드라마 속으로 들어갈 수 있었다. 나는 모든 프루스트 작품의 유일한 절정, 유일한 사건, 유일한 사고에서부터 시작했던 것이다. 프루스트는 우연히 단 한 번 등장인물에게 목소리를 부여했고, 그 목소리는 전보의 형태로 나타난다. "내 가여운 친구여, 우리의 사랑스러운 알베르틴은 이 세상에 더 이상 존재하지 않네. 자네에게, 그녀를 그토록 사랑했던 자네에게 이런 끔찍한 이야기를 하는 나를 용서하게. 그녀는 말을 타던 중 말에서 떨어져 나무에 부딪혔네……." 나는 바로 이 구절부터 시작했고, 슬픔과 절망 속에 빠져버렸다. 이후 화자는 광기에 이를 정도로 문장을 길게 늘이고, 되씹고, 논평과 공격을 가했다. 나는 『스완의 사랑』에 낙담한 많은 친구들에게 『사라진 알베르틴』을 권함으로써 꼼짝 없이 프루스트를 사랑하게 만들었다. 나는 다른 책들과 함께 끊임없이 되풀이해서 읽은 그 책 속에서 다른 것도 발견했다. 한계라는 것은 없음을, 바닥이라는 것은 없음을, 진실은 도처에 있음을, 인간의 진실은 확장되어 도처에서 존재함을, 그리고 그 진실은 도달할 수 없는 유일한 것인 동시에 바람직한 유일한 것임을 발견했다. 모든 작품의 재료가 인간 존재를 대상으로 하자마자 무한해진다는 것을 깨달았다. 나는 무엇이든 좋으니 어떤 감정의 탄생과 죽음을 묘사하기를 원했다 (묘사할 수 있다면). 나는 거기에 내 인생을 대입시킨 뒤 결코 끝에 도달하지 못한 채, 결코 바닥에 닿지 못한 채, 결코 속으로 '나는 거기에 도달했어'라고 생각하지 못한 채 수백만 페이지를 집필할 수도 있었을 것이다. 나는 우리가 결코 도달할 수 없다는 것을, 내가 겨우 산중턱에, 언덕 중턱에, 내가 하고 싶어했던 것의 천분의 일 지점에 도달할 수 있을 뿐이라는 사실을 깨달았다. 나는 인간 존재가 신을 대신한다는 것을 혹은 대신하지 못한다는 것을, 인간 존재는 연약하고 아무런 가치도 없다는 것을, 인간은 단지 먼지일 뿐이라는 것을, 그리고 인간의 양심은 모든 것을 포함한다는 것을 깨달았다. 나는 깨달았다. 나는 또한 깨달았다. 그 인간 존재가 내 유일한 사냥감, 내 흥미를 끄는 유일한 대상임을. 내가 결코 파악할 수 없을 유일한 존재임을. 그러나 때때로 글을 쓰는 작업이 가져다주는 위대한 행복의 순간을 가볍게 스쳤다고 생각할 것임을. 나는 또한 프루스트를 읽으면서, 글을 쓴다는 일의 멋진 격렬함을 발견하면서, 제어할 수 없으면서도 늘 제어되는 열정을 발견했다. 나는 글을 쓴다는 것이 공허한 표현이 아님을, 그것이 쉽지 않음을, 그리고 그 시절 떠돌던 생각과는 달리, 진짜 화가나 진짜 음악가보다 진짜 작가가 더 드물다는 것을 깨달았다. 나는 깨달았다. 글을 쓰는 재능은 극소

수 사람에게 주어지는 운명의 선물임을. 그 재능을 명예나 오락거리로 삼으려는 사람은 가여운 바보인 동시에 비참한 불경배임을. 글을 쓴다는 일은 뚜렷하고 값지고 드문 재능을 요구한다. 그것은 우리 시대에 부적당하고 거의 몰상식한 진실이 되어버렸다. 요컨대, 문학은 거짓 사제 혹은 찬탈자들에게 온화한 멸시로 복수를 하는 것이다. 문학은 감히 손가락으로 자신을 만지는 사람들을 무능하고 신랄한 불구자로 만들어버린다. 그리고 때때로 잔인하게도 그들에게 일시적 성공을 안겨주지만, 결국 그들의 삶을 파멸시킨다.

　요컨대 나는 프루스트를 통해 내 열정 속에 도사린 어려움과 위계의 의미를 배웠다. 나는 프루스트를 통해 모든 것을 배웠다.

　그럼에도 불구하고 오늘날 내 최초의 책들과 그 책들의 풍경에 대해 생각하면서 받아들여야만 하는 한 가지 사실이 있다. 그것은, 만일 현재 내가 내 삶의 전개를 설명하고 이해할 수 없다 해도, 내가 아무것도 모른다 해도, 내가 불안에 사로잡힌 사람으로 삶을 살아오는 동안 아무것도 배우지 못했다 해도, 나에게는 그 네 권의 책이 발판 혹은 나침반으로 여전히 남아 있다는 것이다. 지금은 예전의 절반 정도만 높이 평가하지만, 나는 여러 해 동안 그 책들에 의존했다. 내 가장 생생하고 완전한 추억은 그 책들에 연결되어 있다. 후각, 청각, 시각, 심지어 촉각마저도 그 순간들 속에서 내 지성만큼이나 크고 뚜렷한 영향을 받았다. 반면 마음속의 추억은 나에게 단 한 가지 의미만을 남겨주었다. 눈이 부실 정도로 한눈에 반한 경험, 첫사랑, 첫 번째 이별, 그때 내렸던 비 냄새와 커피 냄새가 극단적으로, 다른 것을 압도할 정도로 증폭되었던 것이다. 첫 키스 때 비가 내렸던가? 그가 눈을 내리깔고 나에게 작별을 고했던가? 잘 기억나지 않는다. 나는 지나치게 나 자신으로 강렬하게 살았던 것이다. 그런 만큼 다른 누군가가 내 대신 살게 할 필요가 있었다. 다시 말해, 나 자신의 존재가 완벽하게 느껴지도록, 다른 누군가가 살아가는 모습을 책을 통해 읽을 필요가 있었다.

"나는 지나치게 나 자신으로 강렬하게 살았다"

누가 사강처럼 열정적인 삶을 살 수 있을까. 사강은 삶을, 사람을, 문학과 예술을 온몸과 마음을 바쳐 열정적으로 사랑한 여성이다. 사강은 수년 동안 심장 질환과 폐 질환을 앓다가 2004년 9월 프랑스 북부의 항구도시 옹플뢰르에서 향년 69세로 세상을 떠났는데, 젊은 시절 엄청난 문학적 성공과 부를 거머쥐고 화려한 생활을 한 것과는 달리, 소득세 탈루 혐의로 재산을 압수당한 채 쓸쓸한 노년을 보냈다고 한다.

2007년에는 『플레이보이』지 프랑스판 편집자를 지낸 아닉 제이유라는 여성이 회고록 『사강의 사랑』을 출간하면서 자신이 사강의 연인이었다고 주장함으로써 세간의 주목을 끌기도 했다. 제이유는 "사강은 욕망의 자유로운 흐름과 예측할 수 없는 자유를 지지했다."고 회고했다.

우리가 익히 알다시피 사강은 19세라는 어린 나이에 『슬픔이여 안녕』이라는 소설을 발표하여 대소동을 불러일으켰다. 『슬픔이여 안녕』은 파격적인 줄거리로 전 세계를 술렁이게 하면서 단번에 수백만 부가 팔렸고 영화로까지 제작되었다. 더욱 놀라운 것은 사강이 이 소설을 파리의 어느 카페에서 일주일 만에 썼다는 사실이다. 당시 사람들이 19세의 소녀가 그 소설을 썼다는 사실에 얼마나 충격을 받았는지는 이 책에 언급된 내용을 통해서도 익히 짐작할 수 있다. 사람들은 소설의 진짜 저자가 사강이 아니라 '잿빛 머리칼을 가진 노부인'이나 '쥘리아르 출판사가 숨겨둔 남자 협력자'가 아닐까 의심했고, 출판사 측에서는 그렇지 않다는 것을 증명하기 위해 사강에게 미국 방문을 강력히 권유했던 것이다. 어린 나이에 어마어마한 명성과 부를 거머쥔 사강은 작품 활동뿐만 아니라 사생활에서도 세인의 관심을 끌었는데, 자유로운 영혼과 뜨거운 열정을 타고난 그녀는 추문 따위에는 신경 쓰지 않고 삶의 온갖 달콤함과 쓰라림을 몸소 경험했다. 거기에는 세인의 손가락질을 받을 수밖에 없는 도박, 술, 마약까지 포함되었다.

사강은 49세이던 1984년에 이 에세이를 발표했다. 그녀는 사랑했던 도박과 스피드에 대한 열정과 성찰을 비롯하여, 어린 시절 문학에 눈을 뜨게 해주었던 독서 경험, 연극과 관련된 경험, 그녀가 사랑했던 프랑스 남부의 휴양도시 생트로페가 상업주의에 물들어가는 모습에 대한 단상, 그녀와 동시대를 살다 간 위대한 지성인이자 예술가인 빌리 홀리데이, 테네시 윌리엄스, 오손 웰스, 루돌프 누레예프, 장 폴 사르트르와의 만남 및 그들과 함께했던 추억을 감동적으로 털어놓고 있다.

글의 힘이라는 것은 실로 대단하다. 도박과 스피드에 대한 사강의 글을 읽노라면, 그것이 한 사람의 인생을 파멸로 몰아넣을 수 있는 참으로 위험한 취미임에도 불구하고(실제로 사강은 1957년 자동차를 몰고 가다가 사고를 당하여 심각한 중상을 입기도 했다), 그녀가 설파하는 그것들의 매력에 '그럴 수도 있겠구나' 싶어 나도 모르게 고개를 끄덕이니 말이다. 전설로 남은 위대한 재즈 보컬리스트였지만 당시 미국 사회의 분위기 때문에 인종차별을 받으며 쓸쓸한 삶을 살다 간 빌리 홀리데이, 오로지 춤에 대한 열정 때문에 고국을 등진 채 예술만을 위해 고행과도 같은 삶을 살았던 루돌프 누레예프, 문학적 성공을 거두었지만 끊임없이 작품성 시비에 시달리고 동성연애자로서 세인의 질시를 받았던 테네시 윌리엄스, 영화에 대한 천부적 재능을 지녔지만 영화계의 상업적 현실과 타협하지 못했던 오손 웰스에 대한 추억은 물론, 특히 말년에 시력을 잃은, 20세기를 대표하는 지성 사르트르를 곁에서 세심하게 돌보고 친구가 되어주었던 사강의 모습은 읽는 이의 마음을 뭉클하게 한다.

이들 외에도 사강은 당대의 유명인들과 폭 넓은 교유를 나누었다. 프랑스의 전설적인 연극배우이자 제작자 마리 벨을 비롯하여 영화감독 로제 바딤, 영화배우 브리지트 바르도, 장 루이 트랭티냥, 필리프 누아레 등 이름만 대면 알 만한 유명인이 이 에세이에 카메오처럼 등장한다. '신은 공평하다'는 말도 있지만, 이 에세이를 읽다 보면 그렇지만도 않은 것 같다. 신은 프랑수아즈 사강이라는 작가에게 세상을 보는 탁월한 통찰력과 지성, 유려한 글솜씨뿐만 아니라, 도박과 스피드를 즐기는 과감함, 삶과 사람을 몸을 던져 사랑하는 불같은 열정까지 두루 선사했으니 말이다. 그녀는 자신이 한 말 그대로 '지나치게 강렬하게' 이 세상을 살다 갔다.

최정수